金丝雀
迪克

[加]玛格丽特·桑德斯 / 著

秦鹏 / 译

重庆出版集团 重庆出版社

图书在版编目（ＣＩＰ）数据

金丝雀迪克 /(加) 玛格丽特·桑德斯著；秦鹏译
— 重庆：重庆出版社，2021.12
（传世动物文学书系 / 刘丙海主编）
ISBN 978-7-229-16165-1

Ⅰ.①金… Ⅱ.①玛… ②秦… Ⅲ.①儿童小说 – 长篇小说 – 加拿大 – 现代 Ⅳ.①I711.84

中国版本图书馆CIP数据核字（2021）第234733号

金丝雀迪克
JINSIQUE DIKE
［加拿大］玛格丽特·桑德斯 著　　秦 鹏 译

责任编辑：周北川
责任校对：杨 婧
封面设计：璞茜设计

**重庆出版集团
重庆出版社** 出版

重庆市南岸区南滨路 162 号 1 幢　邮政编码：400061　http://www.cqph.com
三河市金泰源印务有限公司
重庆出版集团图书发行有限公司发行
E-MAIL：fxchu@cqph.com　邮购电话：023-61520646
全国新华书店经销

开本：787mm×1092mm　1/16　印张：12.5　字数：146 千
2022 年 5 月第 1 版　2022 年 5 月第 1 次印刷
ISBN 978-7-229-16165-1

定价：25.00 元

如有印装质量问题，请向本集团图书发行有限公司调换：023-61520678

《传世动物文学书系》（100卷本）简介

　　动物文学资源丰富多彩，被介绍到中国来的外国作品只是其中很小的一部分。到目前为止，图书市场上没有一套成系统、有规模地囊括世界各国动物文学的书系，《传世动物文学书系》就是要把世界各国优秀的动物文学作品，分批次、成系统地介绍给中国的少年儿童读者，让他们对动物文学的多样化有一个全方位、新鲜的了解。本书系计划出版100本。

　　动物不只是冷漠无情、凶猛好斗，它们也有天真单纯、优雅有趣的一面；我们也能发现它们的灵性与智慧，还可感受到它们友爱的家庭氛围，甚至被它们的自我牺牲精神所震撼。动物的世界是人类世界的缩影，动物的生活和人的现实生活一样，有着悲欢离合的故事，也闪烁着打动人的美德。读每一本书就是在森林里上一堂课，从这些森林课堂里孩子们会懂得许多有关人与自然的道理，明白人和动物不是仇敌，而是平等的灵魂。只有理解、尊重并爱护它们，才不会招致它们的误解，才会得到它们善意的回报。

　　让我们走向大自然，走进神秘的动物世界，近距离了解与我们同一片蓝天、同一个家园的朋友——动物。

将这个故事献给多伦多人道协会我的伙伴们，尤其是我们的主席、多伦多的主教——尊敬的詹姆斯·菲尔丁·斯威尼牧师，他一直对我们为不能言语的动物和儿童所做的工作抱有最忠实和最热情的关注。

玛格丽特·桑德斯

前 言

　　玛格丽特·桑德斯以"哑巴动物的捍卫者"而闻名于世，她生动的想象力给沉默的动物们赋予了人类语言。她是《美丽的乔》（*Beautiful Joe*）一书的作者，该书被翻译成多种语言，同时，她的人道主义所涉及的范围也更加广阔，把长着羽毛的世界也纳入了她所关心呵护的范围中。她的新故事，名为《金丝雀迪克》，是一个令人感动的故事，故事中不仅有人人皆知的金丝雀，还有其他的鸟类，甚至心存提防、受人轻视的麻雀也包括在内。可能会有人觉得必须有足够的想象力才能够理解这个故事，尤其是其中的那些对话，然而与此同时，读起来就会发现，实际上很容易进入故事的情景。桑德斯小姐认真调查了动物的习性，在书中介绍了许多关于这些小家伙的生活方式和需求的有趣知识，以及许多关于如何妥善照料他们的实用的提示，这些让这本书所讲述的不仅仅是娱乐性的故事。

　　虽然这部关于迪基·迪克的编年史主要讲述的是我们所熟知的长着羽毛的动物们和他们所生长的森林环境，但作者还是不得不去老地方来一场远行，而一只名为比莉·圣代的小狐犬为犬类传记和自传文学又添上了一个崭新的篇章。本书同样关注到了松鼠的生活。坏松鼠斯奎里在所有角色中扮演了一个最为恰当的反面角色，而聪明善良的奇卡瑞则将松鼠一族从耻辱中拯救了出来。

孩子们读了这些令人愉快的篇章，一定会和故事中活泼的歌唱家迪基·迪克、刚强的小麻雀沙米以及所有与狗和松鼠为伴的知更鸟、山雀和乌鸦们还有那只叫内拉的猴子形成长久的友谊，并被这些故事中鲜活的形象所陪伴、包围。从马丁太太——一位善良的鸟类热爱者和保护者，和她温柔的女儿"我们的玛丽"身上，我们已经说明了造物主赋予了人统治的责任，并且人与田野里的走兽和空中的飞鸟之间应该形成友好的关系。

爱德华·S.卡斯韦尔

译者序

　　本书围绕着动物保护者马丁太太一家，以一只金丝雀的视角，描写了生活在人类社区里的动物们的生活。善良的玛丽有一间鸟舍，里面生活着许多鸟儿，有翅膀上羽毛优雅地打着卷的美洲金丝雀、澳大利亚长尾小鹦鹉、非洲爱情鸟、非巴利鸟和印度鸟等；光是金丝雀就有大约二十只，品种各异。主人公迪克就是颇受玛丽喜爱的一只金丝雀，它可以自由出入鸟舍，从而看到了广阔的世界。

　　迪克因为看到了更为广阔的世界，了解到了鸟舍外的种种，与鸟舍中目光短浅、自视高贵的鸟儿们不同。他不只关心自己，也关心街道上的鸟儿们，关心社区中小动物的关系，为主人们的烦恼而忧虑。通过迪基与在街道上生活的性格刚毅的小麻雀沙米之间的交谈，读者们可以看到一个温暖而又残酷、自由与法理共存的野生动物世界。这些野生动物生活在人类社区之中，各自有各自的生存之道，而且每一种动物内部都有明确的、不言而喻的制度——不做好本职工作的小乌鸦会被同类处死，攻击鸟类、作恶多端的松鼠也自会受到同族的处置。反观玛丽的鸟舍，就如同象牙塔一般的存在。另外，在这本书中还可以看到狗儿们的故事。失而复得的"会说人话"的尼日尔，饱经风霜、忠厚勇敢的比莉。小朋友们在阅读本书的时候，看到的是这些有勇有谋的小动物的冒险生活，而成年读者们则可以品味书中所描述的动物世界的"鄙视链"，看善良的玛丽一家是如何和动物们站在一起，共同建立、捍卫人与自然和谐相处的生存环境的。如何对待动物这在我们生活的当下是个饱受关注的社会热点问题。

作者玛格丽特·桑德斯是加拿大著名作家、演讲家、动物权益保护者，曾在苏格兰和法国受教育。在成为作家之前，她是一名教师，在写作前认真调查了小动物们的习性，在书中介绍了许多关于这些小家伙的有趣知识以及许多关于如何照料、饲养它们的常识和提示。桑德斯于1889年出版了首部作品《我的西班牙水手——一个爱情故事》，继而于1895年发表第二部小说《美丽的乔》，它讲述一只狗跌宕起伏的一生，获得了巨大成功，在加拿大人口不到900万时便成为了加拿大销售超过百万册的超级畅销书。本书中也出现了许多犬类角色，它们与人类之间发生了许多有趣或者感人至深的故事，与《美丽的乔》中的角色也有所关联，本书值得读者们一同阅读。

目 录
CONTENTS

第一章　我的人生故事

当我照镜子时，看到我那双又小又亮的黑眼睛，一想到从前我还是一只小鸟时，眼睛比蝙蝠还瞎，我就觉得很奇怪。

我的视觉是最后一个醒来的。在我能看见东西之前，我就能听见、闻到、尝到、摸到东西了。我们三只光溜溜的小金丝雀宝宝待在窝里，每隔一段时间，便会都站起来，仰起头，张开嘴，接着母亲迪克西便优雅地把美味的蛋类食物放进我们小小的喉咙里。哦，那时吃起来多美味啊！我从来没有吃饱了的感觉，但事实上我已经吃饱了，我母亲清楚该给我吃多少。我长大了以后才知道，如果没有长辈看护的话，大多数幼崽都会自己把自己撑死。

我永远不会忘记我第一次睁开眼睛的那一天。好几个小时我都看不清东西，好像总有金色的雾或云在我面前。那是母亲美丽的黄色胸脯，她紧紧地抱着我们，给我们保暖。然后我发现了一双眼睛，明亮的黑眼睛，就像我自己的眼睛一样。我母亲亲切地打量着我们，看我们是不是吃得饱饱的，是不是暖烘烘的、干干

净净的；金丝雀也有像人一样的家庭主妇，有些小心谨慎、有条不紊，有些则粗心大意、不负责任。

然后我父亲便会过来盯着我们看。他是一只漂亮的诺威奇金丝雀，长着深金色的羽毛，头上长着一个美丽的冠，遮住了一部分视线，这让他看起来像一只小猎狗。他常常把这顶冠往脑袋顶上一甩，再看向我们。接着他会说："宝贝们都很好，看起来都长得很丰满。"然后便会飞去找更多的生菜、蛋类食物或者细碎的麻类植物。因为我们的胃口都很大，他大部分时间都在帮母亲保障我们的食物充足，好让我们长得圆润。

我们很快就长大了！我很快便可以看到巢对面的镜子了，从那里面能看到我们一天天的变化。金丝雀长得非常快，当我们两周大的时候，就已经羽翼丰满，开始自己觅食了。我家有我、哥哥和妹妹，三个孩子。在这十四天里，我有很多东西要学，像一个孩子两三年里要学的东西那么多。

我的母亲迪克西照看我们的时候习惯给我们讲故事。有些人不知道，当一只鸟妈妈盘旋在她的孩子们身边，对他们轻声呢喃时，她是在讲故事，就像一个人类母亲在逗她的孩子们笑一样。

我的母亲告诉我们，我们应该是非常快乐的小鸟，因为我们不是在一个用来孵化金丝雀的笼子里出生的，而是生于一个很大的鸟舍里，那是一个舒适的鸟巢。这个鸟巢是一个小木箱，高高地放在墙壁的架子上，我们可以站在边缘，环顾四周。

我的母亲还告诉我们，我们必须爱我们的父母，其次也要爱那个拥有这间鸟舍的年轻女孩，她每天多次来给我们喂食和换水，确保我们都过得很舒服。

我永远也不会忘记那天我在鸟窝里站起来，第一次走到鸟笼边缘，东瞧西看鸟舍时的感受。

对我来说，鸟舍似乎无比巨大。我倒吸了一口气，跟跄地摔回了窝里。然后我又看了看，这一次的景象并没有使我感到那么虚弱，我明白是怎么回事了。

那是一间相当大的阁楼，有一扇朝东的大窗户，一扇门通往大厅，过去是这个样子，现在也还是，因为我还是经常去那里。房间四周种着两三排冷杉树，它们长得笔挺却不高，看起来像一群小士兵。它们都被种在一个大花盆里，母亲告诉我，每隔几个月它们就会被挖出来，再放上新的。在这些树之间纵横交错着许多又细又长的撑杆和供鸟儿栖息的树枝，因为杉树的树枝通常不太适合鸟儿坐在上边。鸟喜欢枝繁叶茂的树枝，而不喜欢绕着树干生长的树枝。

在房间的中央有一个小喷泉，周围环绕着岩石，泉水夜以继日地吟唱着它那美妙的小曲，鸟儿们在它下面的浅池里戏水、沐浴、嬉戏。这里没有大鸟，所以我们不需要很深的水池。

在喷泉的那一边是一块块绿色的草皮和一盘盘食物和种子。啊，我们吃得多好啊，因为我们不是被关在笼子里的鸟，我们可以吃到如此丰富的食物。接着我们练习飞行，飞了几个来回，这样可以增强我们的食欲。我永远也忘不了自己吃到的鸡蛋、面包和牛奶、香蕉和橙子、菠萝和苹果、梨和葡萄的美味—— 一些小碟子里有玉米粒、小麦和燕麦片，还有上好的、饱满的干种子——油菜籽、小米。

地板上铺着碎石和陈石灰，每个月就会有个男人来打扫一遍，

换上新的。

喷泉旁有一把小柳条椅，我们的主人马丁小姐，那个瘸腿的姑娘，常常坐在那里，一小时又一小时地看着我们。

我坐在巢的边缘，低头看着房间，感觉自己既年幼又弱小，房间内好像有许多鸟儿在飞翔，而我永远也分不清他们分别是谁。但是，我很快就弄清楚了他们各自是谁了。首先，是我可爱的母亲迪克西，一只美洲金丝雀，翅膀上羽毛优雅地打着卷；我长着金色羽毛的父亲诺福克；我父亲的妹妹西尔基，她的金丝雀同伴银喉，是一只毛色斑驳的小鸟，嗓音优美；还有大约二十只不同品种的金丝雀，一些澳大利亚长尾小鹦鹉、非洲的爱情鸟①、非巴利鸟②和靛蓝维达鸟③，在我旁边的窝里，我的妹妹卡耶娜和我的哥哥绿顶，他的名字源于他绿色的冠。而我是个平头。

我妈妈给我讲了很多关于其他鸟类的故事，但我现在记不住。

不过，我得告诉你我的名字。我刚睁开眼睛就遇到了麻烦，我的哥哥绿顶嫉妒我。他是一只比我更大、更漂亮的鸟，但即使在我们还是婴儿的时候，我的父母就说他的嗓音不如我，所以他刚一学会如何使用自己的翅膀，就开始拍打我。我的父母自然会支持我，因为我比他小，比他们弱，比他们相貌平平。拥有长得如此俊俏的父母的我竟然是一只长相如此平凡的小鸟，真是令人惊讶。

绿顶告诉我，鸟舍里的年纪大些的鸟都说我像极了我的奶奶米妮——她是一只血统一般的、非常普通的小鸟，玛丽·马丁小姐出于同情把她带进了鸟舍。

① 非洲爱情鸟：又名埃塞俄比亚爱情鸟，为鹦形目鹦鹉科的鸟类。
② 非巴利鸟：又名红交嘴鸟，是燕雀科交嘴鸟属的鸣禽。
③ 靛蓝维达鸟：又名塞内加尔维达鸟，雀形目维达鸟科。

不管怎么说，我们的主人玛丽·马丁很快就发现我被袭击了。一天，她站在那里看着我们，对我说："过来，你这个金色的小宝贝。我还没给你起名字呢。"

她边说边伸出手，我落到她的肩膀上，因为乖顺得到了一块糖做奖励。

"我喜欢你勇敢地面对你那淘气的哥哥的样子，"她说，"你是个小英雄。我要叫你狮子心肠的理查德，简称迪基·迪克。"

所有的鸟都在听她说话，当她停止说话时，你可以听到房间里到处都是小金丝雀发出的惊讶声，"天哪！什么！天哪！你现在怎么看这事儿的！对于一只长着平头的小鸟来说，这是多么高贵的名字啊！"

在鸟舍，给一只鸟命名是一件非常激动人心的事，常常引起鸟儿们的热烈讨论。

绿顶现在非常愤怒。他的名字听起来很短，与狮子心肠的理查德相比，无足轻重。为了表示他的不满，他冲了过来，用翅膀轻拂玛丽的耳朵。这是鸟儿们最喜欢玩的把戏——用翅膀为玛丽小姐梳头或拂过她的耳，抑或在她头上轻拍，他们这样做是为了展现他们对她的感情。

"淘气的孩子！"她摇着头对他说，"除了绿顶，每只鸟儿都能得到一份奖励。"她给我们多喂了一份我们最喜欢吃的种子，而绿顶只能坐在角落里生闷气，他知道这样做是不对的。

对我们大家来说，她就像一个母亲，那么善良，那么宽容；但是她不希望她的鸟儿在家里受到任何欺负，如果一只鸟对其他鸟太过分了，她就会把它送给别人。

　　过了一会儿，她走出了房间，绿顶马上朝我扑来，开始恶狠狠地追着打我，这时我们的父亲叫我们去上声乐课。

　　这时我们六个星期大了，三个星期前就被赶出了家。我的母亲正在为第二个家庭做准备。玛丽小姐给了她一个新盒子，里面有一个新窝，我妈妈用柔软的牛毛、苔藓、干草和短而柔软的白线作衬里。我们的玛丽从来不会给小鸟准备好这些，因为人们准备的衬里可能会缠住鸟儿们的爪子，把它们绊倒。

　　我们这些小孩子嫉妒地看着她。妈妈没有责怪我们，但爸爸则拍打着我们，把我们赶出了鸟巢，我们哭得很伤心。

　　"你们还不明白吗，宝贝们？"她说，她在窝里一圈圈转着，时不时用自己的胸脯顶她的新窝，让新窝变得更美观、舒适一些。"我现在必须为第二个家庭做好准备了。我不能让你们再逗留在老巢里，你们会踩到雏鸟。你们必须得到外面的鸟舍里去结识一些年轻的鸟儿，毕竟一年以后，你们就要选择自己的伴侣了。"

　　"我不想走，我不想到外面的鸟舍里去，妈妈。"我苦苦地鸣叫，"我想和你在一起。绿顶对我太过分了，他带着堂兄弟们一起来取笑我。晚上他们总把我赶去栖木上，让我在食盘前等着，直到他们吃完。我想和你一起生活，你漂亮、善良，和你在一起我很舒服。"

　　"亲爱的，亲爱的，"她用她那亲切又温柔的声调呢喃着，"晚上等到你父亲把头埋进翅膀里之后，你就来到我身边休息。"

　　这是非常令人欣慰的，至少夜晚的时候我是快乐的，虽然白天时还总是或多或少有些担心。父母不知道当他们的孩子第一次离开家的时候会遇到多少麻烦。

说回到我们的歌唱课上来。父亲对我们非常严格，虽然我们的母亲告诉我们要力所能及地多从他那里学些东西，因为只要新的雏鸟一出生，他就不会太注意我们了，但我们还是非常反感学唱歌。

"到时候你们要怎么办呢？"她说，"对一只金丝雀来说，不会唱歌的话还算什么金丝雀呢？"

"我希望我是一只像卡耶娜一样的母鸡，"我闷闷不乐地说，"她从来都不需要唱歌。"

"母鸡从不唱歌，"妈妈说，"卡耶娜的美丽在于她马上就会长出的绚丽而精美的羽毛，她这一生都可以仰仗着这份美丽吃喝不愁，受人喜爱。但是，亲爱的，你只是一只非常平凡的小鸟，你唯一的魅力就是你的歌声。向我保证，向我保证你会用心学习你爸爸教给你们的东西。"

"我会尽力的，妈妈。"她每次这样交代我的时候，我都这么说，但几乎每节课，只要我父亲一发脾气，我就忘了她的话，也忘了我是怎样答应过她的。这一天我特别生气，因为我刚刚才被父亲诺福克狠狠地揍了一顿。

"我从来没听过这样断断续续又这么刺耳的声音，"他生气地说，"听听绿顶是怎么唱的，听听他是如何把歌唱得像一曲韵味无穷的旋律。"

我又试了一次，但不幸的是，我失败了，因为我看到了银喉叔叔的眼睛，接着爸爸的嘴里就发出了嘲笑的咯咯声。

要是我没走神该多好！结果爸爸和绿顶都朝我扑来，为了保护羽毛，我径直飞向房间里最隐蔽的冷杉树。银喉叔叔经常整天弓

着背坐在那里，用他身上曾经长着一条可爱尾巴的部位靠在墙上。

他是一只小小的哈茨山金丝雀，胸部毛茸茸，毛色斑驳，他的声音是房间里最美妙的。

他正笑着。"过来，可怜的小家伙，"他说，"想跟着你父亲学唱歌是没有用的，他太没有耐心了，而且反正他也不会唱。他是一只英国鸟，他这品种的鸟都是因为形态和长相才得以繁殖的。我这品种才是唱歌的鸟，长相并不重要。他能像我一样教你怎么发出咕噜咕噜的气泡音、滚滚低音、清脆的铃声、笛声、啭鸣、口哨和接连不断的颤音吗？他的音域有四个八度吗？"

"你说的的确是事实，"我说，"但他是我爸爸，我想跟他学点东西。"

"那倒是，"他又热心地说道，"我觉得你确实应该多控制一下自己。好吧，那这样好了，等你父亲平静下来后，你就回到他那里去，尽你所能向他学习，但你要上额外的课，就到我这里来。我要教你唱得比那个流氓绿顶唱得好得多，因为你的声音比他的更甜美。他是一只非常无礼、粗鲁的小鸟。我相信是他唆使你父亲虐待你的。"

"叔叔，"我胆小地说，"两天前你的尾巴还好好的，但现在却没有了，为什么？"

他笑了，"我是一个深思熟虑的人，小家伙。昨天，当我坐在树枝上做着白日梦的时候，我没有注意到鸟舍最近新来的那只金光闪闪的蜥蜴金丝雀①。她对她自己刚下的五个蛋行为诡异，最后我发现原来她正在用嘴啄开蛋，然后吃掉。在她来到这里之前，

---

① 蜥蜴金丝雀：金丝雀的一种，毛色如蜥蜴。

她的家似乎很穷，她吃的都是些变质了的种子。因此，艾薇斯吃得很少，也没吃过什么好东西，所以只要能弄到一个新鲜的鸡蛋，她就会吃掉。'好吧'，我对我自己说，'那都是她自己的蛋，她有权利吃掉它们。'所以我并没有干涉。

"过了一会儿，她的配偶斯波提回来了，勃然大怒。他问有没有鸟儿看到她恶劣的行径，我就说我看到了。

"他便问我为什么没有阻止她，我就说这不关我的事。

"他说，房间里所有的鸟儿，包括长尾小鹦鹉和那些非常自私的爱情鸟，都已下定决心不再啄食鸟蛋了。说完他们都扑到我身上，啄掉了我的尾羽，提醒我当看到另一只鸟做错了什么时，要加以干涉。"

"那你觉得难过吗，叔叔？"我问。

"我的尾巴很疼，但是心里很平静。我是做错了，也为此受到了惩罚，而且，我的尾羽还会再长出来的。所以，有什么可担心的呢？我对斯波提很抱歉。他原本指望在十三天之后会拥有一群可爱的幼崽，但现在他得等上几个星期了。"

"这里有足够的酸橙和碎蛋壳，还有各种各样的食物，任她选择，艾薇斯为什么要吃掉她的蛋？"我问。

"她习以为常了，我的小家伙。她已经染上了这个恶习，很难改掉。就像斯波提说的那样，只要我冲着她尖叫一声，她就会害怕，就不会杀死她未来所有的雏鸟。话说回来，你的辣味食物来啦，去吃点儿吧，这能让你的翎毛变成发红的金色，对嗓子也有滋补的功效。"

我们的玛丽小姐端着一碟鸡蛋、磨碎的甜面包的混合物，上

面还撒了白砂糖和辣椒粉，另外还拿了一盆紫色的东西。

"是蓝莓，鸟儿们，"她一边放下一边说，"不错的罐装蓝莓，几乎和刚从灌木丛中摘下来的一样新鲜。"

房间里的每只鸟几乎都发出了满意的叫声，然后全都飞到她放盘子的地方。

我不饿，吃得很少。几分钟后，当她打开门要出去时，我朝她飞奔过去，落在她的胳膊上。

我父亲正在打盹，从绿顶邪恶的眼神中我能看出来，只要玛丽小姐一离开房间，他就会开始欺负我。

"带我出去，"我唧唧喳喳地说，"带我出去。"我知道她经常带着听话、稳重的小鸟到她自己的房子里去。

她明白了我的意思，"但是，小迪克，"她说，"你太小了，我怕你会飞走。"

"我会很乖的，真的。"我用颤抖的稚嫩的嗓音唱着歌，她听了我的话，心软了，伸出一根指头，温柔地把我放在她肩上，然后朝大厅里走去——她一般都是这样带着鸟儿出门的，肩膀是最安全的立足点。

我母亲看见我走了，就大声警告我："小心点，迪基·迪克。你会看到一些完全陌生的景象，不要惊慌失措，跟紧玛丽小姐。"

"我会小心再小心的。"我回复道。鸟舍的大门在我身后关上时，我的心脏怦怦直跳。我出来了，来到了大厅里这个陌生的新世界。

第二章　楼下之旅

哦，大厅里的气氛完全不同——非常安静，非常平静，没有小鸟的啁啾，没有不停的飞翔和拍打，没有叽叽喳喳和唱歌，甚至在我们睡觉的时候，也没有喷泉的潺潺声！地面上没有碎石，只有看起来像草一样柔软的东西，后来我才知道，那叫做地毯。

我们的玛丽高兴地单脚跳下楼梯。她是一个相当年轻的姑娘，刚生下来就摔了一跤，因此瘸了腿。我母亲告诉我，玛丽的父母把鸟舍给了她，让她在那里玩耍，因为她不能经常在街上走动。

阁楼下面的一层，有几间宽敞而舒适的房间，窗户都是向阳的。这些房间都叫卧室，她的父母和两个小表妹就睡在里面。今天早上，我第一次来到鸟屋外面的大世界，里面一个人也没有。我们又下了一道长长的楼梯。这是一个比其他大厅更宽敞的大厅，有几个房间像两三个鸟舍加起来那么大。

玛丽带我穿过长长的窗帘，来到一个非常漂亮的地方，有很多东西可以坐，地板上覆盖着像我们的草皮一样柔软的东西。她

上气不接下气，倒在一张小椅子上，伸出一根手指让我从她的肩膀上踩上去，然后坐在那儿对我微笑。

"小家伙，眼睛瞪那么大！"她说，"你在害怕什么？"

"所有事，"我吱吱地说道，"我害怕这个巨大的世界，还有这世上的那些庞然大物。"

她纵情大笑。"哦，迪基·迪克，你被我们这朴素的房子征服了，我真想让你去看看街上的那些高楼大厦。"

"哦，这里对我来说就已经很大很大了，真的足够大了！"我正回答着，突然被吓了一跳。

一个比玛丽高得多、穿着不同的大怪物正走进房间。

我发出一声尖叫，拼命向上飞，飞呀飞呀，直到落在一个从天花板上伸下来的有很多分叉的东西上。后来我发现这个黄铜做的东西会发光。我坐在上面，低头向前探着，羽毛被吓得紧紧地贴在身上，我大叫道："玛丽，玛丽，我害怕！很怕！"这是我从老鸟那里学来的。

玛丽在亲吻那个怪物，然后她紧挨着他坐下来，抱着他的一只胳膊。

"迪基，迪基，"她回应着我，"这是我的爸爸，不要害怕，我想自打你出生以来，他去过鸟舍好多次了。下来吧，亲爱的。"

当然，如果他是她的父亲，他不会伤害我，所以我飞回她的肩膀，但她爸爸真是太奇怪了，体形也太大了！我很高兴我的父母没有长成这样。

他非常爱她，抚摸着她的头发，说："玛丽，别让你的鸟儿把你累坏了。"

"他们让我感到放松，爸爸，"她说，朝他摇了摇棕色的脑袋，"这个刚长大的小家伙让我很开心。他对世界充满好奇，也很聪明，也是个小受害者，因为他的哥哥总是把他打得半死不活。"

"金丝雀的世界就像人类的世界一样，"玛丽的爸爸说，"睡觉、吃饭、打闹、玩耍，如此循环往复——你的小宠物能让我摸摸他吗？"

"我想可以吧，"她说，"他现在知道你是谁了。"

"怎么会不行呢，当然可以，"我叽叽喳喳地说道，"除了哥哥以外大家都很善良。"

那人把一根在我看来像香蕉一样沉重的大手指放在我金色的头上，抚摸着我，我在他的轻抚下弯下了腰。

好在有人进了屋，他转过了头。

是玛丽的妈妈，马丁夫人，我知道她，因为她常到鸟舍来。她是个心宽体胖的妇人，性格开朗，长得并不漂亮，也没有什么出众之处，但长辈们都说她跟大多数女人不一样。我听长辈们谈论过她，他们说她是一个了解鸟类和兽类的人，正是因为她的了解，我们的玛丽才如此喜爱我们。他们说她是一个非常了不起的女人，她的眼睛有魔力——能控制人和动物，比我们的玛丽小姐还要聪明，不过她已经老了，她的女儿还小。

"年轻人哪里会懂得所有的东西，"老鸟儿经常唱道，"他们该听老一辈的话，听老一辈的指导。"

马丁太太进来时，她那双敏锐的棕色眼睛扫视着房间，扫过她的女儿、她的丈夫，还有落在玛丽的手指上的小小的我，她都一一看在眼里。

"谢天谢地，我赶上了午餐，"她说着，在一张椅子上坐下，"还让我们迎来一位小客人。原谅我来晚了，小家伙。"她说得很自然，对我也很客气，让我感觉我好像有我们鸟舍墙上挂的那幅画里的鹰一样大。

这就是鸟儿们对她的评价，她相信即使是一只金丝雀在世界上也有自己的位置，有自己的权利。她痛恨任何生物被利用或者虐待。

"过来，亲爱的，"她说，向我伸出她丰满的手，"过来亲亲我。"

我马上飞向她，探出我的小嘴，碰了碰她丰满的红唇。她是一位如此高大的女士，但是她却让我想起了我那小巧的金色的妈妈。

"我们该去吃饭了，"她说，"我们的小客人就坐在我的右手边吧。安娜，把蕨菜拿过来。"

安娜是个金发姑娘，她侍候马丁夫妇，有时还会去鸟舍里帮玛丽干活，所以我很了解她。我从来过马丁家做客的鸟儿那里听说过蕨菜，我饶有兴趣地看着她把菜放在那张巨大的白桌子上——我第一次见到那张桌子，看起来是那么古怪。

在这盘低矮的、圆圆的蕨类植物中间，有一个小平台，平台上有一个栖木。做客的鸟儿可以坐在栖木上，享用摆在他面前的食物，他可不能在马丁家的桌子上飞来飞去，太过随意。

这时安娜在她面前放了一个很大的东西，像我们沐浴用的一个盘子，马丁太太说："亲爱的，你不会喜欢喝汤的。"

我从来没有见过人类吃东西，当我坐在放着蕨菜的盘子里时，我忍不住笑了。他们不用嘴去取食物，而是用膀臂——正如我们的翅膀一样的肢体去取食物，而腿藏在桌子下面。

他们摆着大盘子和大桌子的房间宽敞舒适，旁边有一个小玻璃房子，里面生长着令人愉快的绿色植物和鲜花。我喜欢这里的气氛，平和安静，空气中充满食物的香气，也没有讨厌的哥哥来欺负我。

"喂我，喂我。"我喳喳叫道，因为我现在饿了。

"等等，我的天使宝贝，"马丁太太说，"等下一道菜。"

后来，我向母亲描述了接下来的那道菜之后，她说那是在草地上玩耍的一只柔软的、长着羊毛的小动物的腿，她很奇怪为什么像马丁这样的好人会吃它。

"鸟儿不吃肉，"马丁夫人说，"但是可以吃一些加了生菜和胡萝卜的土豆泥，还有一小块全麦面包。"

"谢谢，谢谢。"我叽叽喳喳地对她说，"现在想喝点东西。"

在蕨类植物下面，我发现了一个小蛋杯，马丁太太在里面给我盛满了水。我很兴奋又口渴，畅饮起来。

当安娜把肉和蔬菜端出来时，也给我端上了水果和布丁。我吃了一点用面包、果酱和牛奶做的布丁。然后马丁太太给了我一颗葡萄让我啄。

"现在，宝贝，"她说，"你已经吃饱了，能给我们唱会儿歌吗？"

我尽力了，但我的歌声还是不尽如人意。我唱的时候，马丁先生和亲爱的玛丽一直和蔼地望着我，一曲唱完，他们都为我鼓掌。

一听到他们的掌声，外面就响起一片哗啦哗啦的声音，接着又是一阵跳跃、翻滚的喧闹声。一只奇怪的动物跑了进来，它没有这几个人那么大，却有二十只金丝雀那么大。

我从来没有见过这样的东西。我吓得大叫一声，从蕨菜盘里跳了出来，飞得很高，很高，一直飞到屋顶。我在墙上疯狂地扑腾着，找不到可以停靠的地方，然后，我听到一个平静的声音说："下来，下来，亲爱的，这动物是一只狗，一只很乖的狗，她不会伤害你的。"

我剧烈地喘着粗气，半途跌到挂在墙上的一幅画跟前，于是就坐在那儿，盯着桌子。

那动物趴在马丁先生的膝盖上。他把椅子从桌子边推远了一些，用胳膊搂着它坐着。那动物长的很奇怪，但是看起来没有恶意。她前额宽阔，眼睛瞪得大大的，嘴也很长，后来我才知道那叫口吻。

我为自己感到羞愧，马上飞回了蕨菜盘上。我虽然年轻，但我清楚这些善良的人是不会让任何事情伤害到我的。

"不好意思，抱歉，"我喘着气道，"我又胆小了，有点害怕。"

"那是比莉，我们的狗，"马丁太太说，"她对鸟儿很友好的。玛丽，你从没让比莉进来看过你的宠物吗？"

"没有，"她女儿说，"你知道她刚来没多久。"

"我希望她和鸟儿们可以成为朋友，"马丁太太说，"待会儿就带她去好吗，现在先让她去前门的台阶上玩一会儿。"然后她转向我，说："恐怕你又要被吓一跳了，种种迹象表明，寄养在我家的两个小孩要回家吃午饭了。"

第三章　塞米·山姆和露丝·卢

我很庆幸有人警告过我了，因为外面的街上响起了可怕的噪声，后来我才知道那是一种叫孩子的生物发出来的，他们互相大喊大叫着。随后前门砰的一声被关上了，屋里静悄悄的。

不久，两个看起来非常平静的年轻人——因为马丁太太不允许在她的餐厅里大喊大叫——进来了，一个是男孩，一个是女孩。

"这是露丝·卢和塞米·山姆，"马丁太太说，眼睛里闪烁着快乐的光芒，她是一个很喜欢开玩笑的人，"这是一只新出生的小鸟，他第一次下楼。"

我后来听说，那男孩是个正直、有教养的年轻人，才八岁。这个女孩比他小一岁，她有一头浅色的秀发和一双大而有神的眼睛——一双非常明亮、聪明的眼睛。

我们的玛丽比她年幼的弟弟妹妹们大得多，而且因为她对鸟儿们非常负责，所以从来不允许弟弟妹妹进入她的鸟舍。

男孩在桌边坐了下来，他盯着我，令我吃惊的是，他说："不

过一只再普通不过的鸟而已——你没有更好看的东西可以展示一下吗？”

他闷闷不乐地喝着汤。

他的妹妹也噘着嘴，“我觉得玛丽表姐对我们太刻薄了，”她对她的姑姑说，“她如果让我们进她的旧鸟舍的话，我们不会破坏任何东西的。”

我们的玛丽什么也没说，但马丁太太说话了：“露丝，你还记得吗？有一天，玛丽不在家，有个小女孩和一个小男孩带着一群年轻的朋友进了鸟舍，吓死了很多刚出生的小鸟；很多已经长大的鸟也飞了出来，费了好大劲才让他们回去。”

玛丽抬起了头：“那件事儿过去了，我已经忘了，妈妈。过几天我会让他们进去看看我的鸟儿们的，但是他们必须保证我不在的时候不可以擅自进鸟舍。”

男孩和女孩都连忙热切地说：“我们保证！今天可以带我们去看看吗？”

“不——今天不行，”我们的玛丽说，“看看——明天吧。”

他们稚嫩的脸沉了下去，继续喝着汤。

“金丝雀是非常温和、胆小的动物，”马丁夫人说，“你们知道的，你的无心之举也可能会害死他们。我们今天在这里看到的这只似乎是个例外。他虽然受到惊吓，但很快就克服了。我想他没准能成为一名小探险家。”

“他在鸟舍里过得不快活，所以想出来，”玛丽说，“他的兄弟总是变着法子捉弄他。”

“就像塞米·山姆戏弄我一样。”露丝噘着嘴说。

"我没有戏弄你。"塞米说，"你就是个爱哭鬼。"

"我不是爱哭鬼！"她反驳道。

马丁太太开玩笑地插嘴说："亲爱的小家伙们，你们是愿意吃午饭呢，还是愿意去大厅里继续你们的讨论呢？"

"先吃午饭，"男孩马上说道，"不过待会儿我一定会跟露丝辩论，说破她的脑袋。"

"换成胳膊或者腿怎么样，"他的姑姑说，"脑袋可是个重要的部位，不能丢了。"

我想现在是唱小曲的好时机，所以我断断续续地讲了绿顶带给我的麻烦，还讲了他是如何打我、拔我的羽毛的。

男孩和女孩都很高兴。"果然是会唱歌的品种。"萨米说，露丝叫道："可爱的小东西——我爱你。"

午饭后，马丁先生说他要带我们的玛丽去兜风。孩子们匆匆赶回学校，而马丁太太说她要去躺下歇一会儿，因为她累了。"孩子，是跟我来，"她对我说，"还是你愿意回鸟舍去？"

我飞向她裙子上的丝带肩结。我非常仰慕她，希望能和她待在一起。

"玛丽，"她高兴地说，"我很喜欢和这个小迪基待在一起，我希望你能拿个小笼子下来，挂在客厅的墙上，往里面放些种子和水，让笼子的门开着，这样他就能自由进出了。当然，他每天必须花一些时间与老鸟在一起，这样他才能再学学怎么更完美地鸣啭，但我希望他能在房子里自由自在的。我觉得，在他身上我看到了一种不同寻常的对人类的理解和共鸣。"

"他是一只宠物，"我们的玛丽说，"我很高兴他能经常下

楼来。"

　　于是，我在城里最好的鸟类朋友的房间里有了自己的小窝。我们的玛丽很可爱，但她很年轻。她的母亲经历过酸甜苦辣，她深知人们和鸟兽的内心。我和她度过了一段非常快乐的时光，认识了许多有趣的动物和其他鸟类。与此同时，无论何时，只要我愿意，我也可以回到鸟舍去，但是我发现，在我习惯了和人类待在一起之后，鸟舍里的许多鸟在我看来似乎都太狭隘了，他们只顾自己的巢，没怎么见过鸟舍外的大千世界，也不怎么关心。

　　因此，为了帮助金丝雀，也为了帮助金丝雀的朋友们更好地了解他们，我在这里讲述我生活的点滴——也许我只是一个微不足道的小生命，但却也是一个重要的小生命，因为即使是一只金丝雀，也是把世界连在一起的生命之链上的一环。

第四章　金丝雀一家的悲伤时刻

时光流逝，秋天来了，接着是冬天。我是初夏孵化出来的，到了冬天，我觉得自己已经是一只老鸟了，懂得很多东西。

我已经成为了马丁一家的一员，有时我一连几天都不回鸟舍。

我睡觉的笼子放在楼上起居室里，笼子门从来没有关上过，我可以自由进出。哦，我对这个房子里的世界真是太感兴趣了！我常常从一个房间飞到另一个房间，有时甚至跑进厨房，看着海丝特做饭。在她的一个窗子旁边，有一个小架子，上面摆满了植物，我总是轻轻落在那里，因为她不喜欢我在她的熨衣板或糕点桌上飞来飞去。我对这个家庭非常感兴趣，我想我永远也不会厌倦探索这个房子，但当冬天来的时候，我发现自己正凝视着外面的街道。我想去看看外面的世界。

初冬时节，我们在鸟舍里非常兴奋。一个被人们叫做圣诞节的快乐时光就要到来了。每个人都互送礼物，马丁先生送给女儿的礼物是钱，用来在屋顶上为她的鸟儿造一个漂亮的空中楼阁。

我们要到春天才能开工，但马丁先生说最好在冬天开工，因为现在找木匠要比以后容易，而且他想在寒冷的天气里雇用一些穷人。

鸟舍里所有的鸟儿们都叽叽喳喳地议论不休！其实现在还没有筑巢，没有什么可说个不停的。很快就来了两个人，我们这些鸟儿从大窗户看着他们在屋顶上搭起一个很大的框架，然后在上面钉了网。我们要拥有一个沐浴在阳光下、又大又舒服的地方了。

"这么一来，我们就可以像野生的鸟儿们一样了，"我母亲愉悦地说道，"可以把巢穴建在露天的新鲜空气里了。我们将有可爱又强壮的孩子！不过夏天的时候鸟舍里有点热。"

整个夏末，我可怜的小母亲都觉得热得可怕，但这并没有耽误她在第二个小家庭里尽职尽责地当母亲。他们是非常有趣的小雏鸟——三只雄鸟、三只雌鸟——奇怪的是，我那个淘气的哥哥绿顶对他们很好——就像他对我非常不好一样。

喂养六个精力充沛的金丝雀雏鸟可不是件容易的事情。看着绿顶飞到放着蛋类食物的盘子边，用嘴衔着食物迅速地飞向雏鸟们，这真是世界上最美的一幕！他是我父母的好帮手，是鸟屋里唯一一只帮助父母喂养新生婴儿的小金丝雀，老鸟们为此对他大加赞赏。

他不让我靠近雏鸟的巢。我礼貌地向他提出想帮忙，但他生气地指责我，说我是个看不起自己家庭的流浪者，如果我不离远一点儿的话，他会啄我的眼睛，让我终身失明。

"别放在心上，亲爱的宝贝。"我亲爱的妈妈说道，她从来没有忘记我。而我的爸爸诺福克，已经对我毫不在意了。我一靠近他，他的眼里便流露出一种冷酷的神情。一天，他冷冷地对我道：

"你是谁？你是谁呀？"但其实他很清楚，我是他的儿子。

他现在最喜欢的就是绿顶。我的哥哥就是爱戴父亲，非常关心他，连晚上都会靠在他身边栖息，以至于那些老鸟都说："这只小鸟永远都不会成家了，他太爱他的父母了，可能永远都会和他们住在一起了。"

我现在从来都不敢在鸟舍里唱歌，因为只要我一开口，绿顶就会来啄我的尾巴，嘲笑我的歌喉。这是金丝雀惯有的伎俩，他们会用这种方式打击他们觉得自负的鸟儿。我常常在兴高采烈地回到鸟舍的时候忍不住放声高歌，这时绿顶会偷偷溜到我身后，狠狠地拉扯我的尾巴；如果他手头正有事情忙，就朝我们其他的表兄使眼色，让他们替他来欺负我。

那年冬天，我们全家遭遇了一件可怕的事，无法用言语形容那是件多么糟糕的事情，它破坏了我们的幸福。我美丽的母亲迪克西，在她短暂的一生中筑过太多的巢，养了太多的雏鸟，她害了病，去世了。她先是得了哮喘，嘴张得大大的也喘不过气来。我们的玛丽为她尝试了各种方法。她给她服用了含铁的补品和不同的药，但没有任何效果。一天又一天，她的身体看起来就像被吹起来的气球一样，她短促的喘气声听起来是那么痛苦。她说不出话来，只好服用蓖麻油、止痛药和甘油，还喝了冰糖水。

终于有一天，玛丽说道："没用了，我亲爱的迪克西，你得走了。不过，我想你一定会去鸟儿们天堂的，在那里你会很快乐，不会再受苦了。而且，总有一天，你所有的家人都会到那里去，和你一起快乐地飞翔。"

我的母亲睁开了她的眼睛，虽然她身体的其他部分现在变得

萎靡不振，面目全非，她那双眼睛仍然非常美丽。她的眼睛睁得大大的，我觉得或许她会好起来的。从那以后，我曾多次看到垂死的鸟儿眼中露出那种奇怪的表情——那是一种极为惊讶的表情，仿佛他们突然看到了某种他们以前从未见过的东西似的。接着，她那双可爱的眼睛闭上了，小脑袋垂了下去，我们的玛丽轻声说道："她的小鸟灵魂飞走了。"

玛丽把她抱在她的手掌里给所有的鸟看，然后把她带走了。虽然是冬天，地上铺着厚厚的积雪，她还是让园丁挖一个墓，把我母亲安放在铁盒里，深深地埋在地下，深到徘徊的猫或者狗也挖不到她。

除了我父亲诺福克以外，我们所有人都从窗口看着她。在这天剩下的时间里，他一直在扯着嗓子唱歌，几乎是在尖叫。他觉得自己的心碎了，所以唱个不停，不过，过了几周，他就和艾薇斯一起飞来飞去了，就是那个吃掉了自己的蛋的金丝雀——她原来的配偶斯波提也去世了。玛丽很高兴她能和诺福克在一起，因为他是一只顾家的鸟儿，总是在家里，不像可怜的斯波提那样。以前斯波提在他本应该照顾伴侣的时候，常常待在鸟舍里跟家正相反的另一头，和金丝雀们喋喋不休地聊个不停。

母亲的去世让我非常难过，在很长一段时间里，我每天大部分时间都待在鸟舍里，和弟弟妹妹们在一起，他们都有很好听的名字。雌鸟们分别叫漂亮姑娘、美人和香瓜，雄鸟叫帅小伙、红金子和克里斯托。他们都是非常可爱的小家伙，都很善良温和，没有一个好斗。

一开始，绿顶肯让我帮忙，养育这些小家伙，而当他从悲伤中恢复过来后，他又开始打我，为此我失去了羽毛。

当我说到殴打时，千万不要把我所说的想得太严重了。金丝雀打架的时候，会先飞上天空，再飞下来，拍打着翅膀，大声尖叫着，冲向对方——看起来一阵慌乱，但其实只是大惊小怪，并没有造成多大伤害。在筑巢的时候，雌鸟们总是这样打架，接着她们的伴侣会来帮着她们一起战斗，于是整个鸟舍里便会一片混乱。

再严重一点的打架方式是追逐。一只鸟讨厌另一只鸟的话，会毫不留情地追赶他，用嘴啄他的头，直到他的嘴又痛又出血。绿顶就是这样打我的，很快，我下定决心，养成把所有时间都花在楼下的习惯，因为鸟舍不需要我，我只是偶尔来看看所有的鸟怎么样，看看他们的食物里有没有我没吃过的。

每个人都对我很好。海丝特会在厨房的架子上给我放一些小点心，马丁太太总是给我准备讲究的食物，甚至马丁先生也会带一个好苹果、一些葡萄或一个橘子回家让我啄食。

孩子们是最好的。无论他们得到的糖果或蛋糕多么少，都总是给我留下一点——许多油腻或黏腻的小块东西摆在我面前，我就假装吃一点。

那些孩子很有意思，他们在人类面前相当淘气，但自从他们的表姐玛丽允许他们每天和她一起进一次鸟舍后，他们对鸟类和其他动物就变得更友好了。

第五章　我的新朋友

正如我以前说过的，当冬天过去，春天来临的时候，我有一种莫名的渴望，想到外面去。我总是不厌其烦地坐在窗台上，看着那些勇敢的英国小麻雀，他们有时会飞到鸟舍的窗前，和我们聊一聊当天的新闻。

大多数金丝雀都瞧不起他们，视他们为下等的鸟儿，所以对他们很傲慢。因此，麻雀很少接近我们，除非他们有重要的消息要传达，而金丝雀们急切地想听他们说些什么的时候，也就忘记了冷落他们。

马丁夫人是个聪明的女人，她知道我很想去外面的大街上。于是，寒冷的天气过后突然回暖的那一天，当我坐在她卧室的窗台上时，她对我说："我相信我的小男孩会喜欢户外活动的。"

"亲爱的麦西啊麦西，"我不住唱道，"你对我真是太好了，真的太好了！"

"那就出去玩一会儿吧，"她说着，打开窗户，"我觉得外面的空气已经没有那么冷了，不会把你冻坏了。"

"谢谢，谢谢你！"我一边叫着一边从她身边飞过，冲到外面的世界里去。

我真不知道该如何形容我第一次飞到外面的世界里的感受。我曾经天真幼稚地以为马丁家的房子已经很大很宏伟了，而这个户外的房子，竟然有一个那么高、离我那么远的天花板，只有非常强壮的鸟才能飞到这房子的顶端。

我上气不接下气，迷迷糊糊地，直直地向窗前的一棵大树飞去，紧紧贴在一根黑乎乎的大树枝上，半是害怕，半是自我陶醉地蹲在那里。

突然一个尖细的声音叽叽喳喳地说："呦呵！是只小金鸟，你是谁呀？"

我知道，在街上，麻雀的眼睛无处不在，所以当我看到一只雄鸟坐在我上方的树枝上时，我并不感到惊讶。他很漂亮，喉咙上有块黑色的羽毛。

"我是只金丝雀。"我说。

"我知道，"他回答道，很是不耐烦，"但你的翅膀怎么会那么结实呢？你飞起来的时候像野鸟一样。"

"我没有一直待在鸟舍里，"我说，"我飞遍了整个房子，锻炼增强了我的翅膀。"

"哦，就是你啊，我注意到你了，你就是那个从窗帘缝里往外看的那个小家伙。怎么你就可以离开鸟舍呢？"

"金丝雀们都叫我流浪者迪基·迪克，我很小的时候就发现鸟舍太小了。"我说道，我不想告诉他我和哥哥之间的恩怨。

"你多大了？"他问。

"快一岁大了。"

"你叫什么？"

"狮子心肠的理查德，"我说道，希望这么长的名字能给他留下深刻印象，"但是我的女主人说这个名字对像我这么小的鸟来说太言过其实了，所以她简化了一下，叫'迪基·迪克（Dicky-Dicky）'，有时也简称为'迪基·达克（Dicky-Duck）'。"

"狮子心肠，"那只麻雀重复着，"那个名字确实不适合你。你看起来是只很绅士的小鸟。"

"不被惹急了的时候我都是很温柔的，"我温和地说道，"被激怒了的话，我也是个不折不扣的斗士。现在你可以告诉我你叫什么吗？"

"墙洞沙米。"

这名字比我的还厉害，于是我说道："也是根据你的特点取的名字。"

"是啊，"他自豪地说道，"是个不错的名字，是住在这附近的所有麻雀一起给我起的。"

"我能问一下，你多大了吗？"

"六岁了。"

"你一定非常有智慧，"我说，"我不到一岁就觉得自己已经知道很多事情了。"

"我知道这附近的一切，"他颇为自得地说道，"如果你想了解这里鸟类的生活史或习性，我可以通通告诉你。"

"如果我有什么想知道的一定会来找你打听的。"我说。紧接着我便焦急地问道："这条街上的鸟是什么样子的？"

"总的来说，都还不错。原来有几只品行不端的麻雀和两只又老又丑的鸽子，不过深冬的时候我们发起了一场大规模的攻击，把他们统统赶到约翰街的病房去了，那里也有很多普普通通的鸟儿。你知道我们麻雀在这个城市的各个地方都有栖身之地。"

"你们也有吗？"我问道，"像很大的鸟舍似的吗？"

"是的，我的小先生，我们这些生活在这所灰色旧大学附近地区的被称为大学麻雀队。我们北邻布洛尔街，南邻学院街，东邻央街，西面邻斯帕迪纳大道，这里最不好找食物。"

"我听说过，听说这个冬天对所有鸟儿来说都很难熬。"我说。

"真的非常糟糕。总是下雪，下雪，又下雪。能吃的那些零碎的垃圾都被盖在了雪做的毯子下面。如果不是有几个垃圾桶没有盖子，还有一些善良的人给我们撒了些面包屑，麻雀们都得死掉。"

"雪马上就要化了。"我微笑着说。

他发出一种奇怪的、刺耳的小麻雀特有的笑声，随后在街上四处张望。高高的、圆圆的雪堆不再是洁白而美丽的了，而是肮脏的，满是煤烟，正泪如泉涌，流下忧伤的泪水。结了冰的人行道由于积水变得很滑，所以女士们和孩子们走在马路上，不过马路上也好不到哪儿去，人们的大"橡皮"也常常打滑，像一叶小舟顺着溪流而下一样。

不过，在蓝色的天空上，太阳照耀着，空气中充满了温暖，因为现在是二月，春天就要来了。

我看了看街上。这对我来说似乎很是新奇，我伸长脖子，想

看看能不能看到它的尽头。结果并不能，这条街一直向前延伸，朝着一座长满树的小山而去，后来我才知道，往南走有一个大湖，那里有个码头，还有轮船、铁路，有持续不断的噪声和拥挤的交通；还有一个优美的小岛，我曾听马丁夫妇说过，那里是夏天出游的好地方。

麻雀看着我，最后他说："你觉得这里怎么样？"

"很好啊，"我回答道，"它是那么大，那么漂亮，临街有那么多房子。我以前以为除了马丁夫妇的房子还有我从窗户里看到的那些以外，世界上就没有别的房子了。"

他对我笑了笑，没说什么，我继续说："树木是如此巨大，如此亲切。我喜欢看他们伸出瘦骨嶙峋的双臂，隔着马路握手。现在，我们鸟舍里的冷杉树在我看来就显得太小了。"

他摇了摇他深色的小脑袋，说道："唉！这个社区已经不是以前的样子了。几年以前，这些都是私人住宅。可是现在，出租屋和宿舍，甚至连商店都悄悄地从城里开到这里冒出来。"

我对这个不太了解，但我小心翼翼地问道："这对你们这些麻雀来说不是更好吗？这不是就有了更多能吃的零碎了吗？"

"没有，并不是很多。当富有的人们住到了这里时，我们知道了如何赖以生存。他们要么喂我们，要么不喂。有几位好心的太太曾经让佣人每天在一定的时间给附近的鸟儿投喂些食物，而你的马丁太太总是在她给我们准备的喂食台旁边的草地上放上一小碟子水。我猜你应该从鸟舍的窗子里看到过。"

"哦，对，"我说，"在寒冷的早晨，我们金丝雀常常坐在窗台上，望着马丁先生手里拿着他妻子给鸟儿准备的温暖可口的食物，吃力地蹚过雪地。"

"而那些出租屋和宿舍里的人们来了又走，"麻雀继续说道，"有些会喂我们，有些不会。我们通常都是夏天吃得饱饱的，冬天挨饿。"

"我听马丁太太说过，"我说道，"野生鸟类在恶劣的季节里应该得到帮助，人们应该在鸟儿们的自然资源耗尽时给予喂养。"

"麻雀在夏天的时候不需要食物，"沙米说，"因为那样，我们就会尽职尽责地去吃掉所有我们能吃的昆虫，以及无益的杂草种子。"

我什么也没说。我想我还没有认识我的新朋友足够长的时间，不便去挑他的错，但我很想问他，他是否真的认为英国麻雀会去履行对人类的职责。

"你想不想看看我的小房子？"他问。

"很想。"我回答道，然后便跟着他飞到另外一棵树上。我们沿着街道往前走，一回头还可以看到我们家的红色砖房，那是一幢非常宽的双层房子。而现在我们站在一幢离它的邻居有点远的房子面前，这房子又高又窄，在高高的北墙中央有一个小洞，有一块砖掉了下来。

沙米自豪地指着那里。"城里再也没有比这更舒适的麻雀窝了，"他说，"因为就在那块空地的正后方，砖墙上有个洞，正好在火炉烟囱的旁边。无论我多么寒冷和饥饿，只要我回窝睡觉，就能保持温暖，一直到早饭的时间，我再出去找吃的。今年冬天，许多虚弱的老麻雀和许多本就体弱的麻雀都在严寒中死去了。他们空着肚子入睡，就再也不会醒来了。我们已经经历了十二个星

期的霜冻，往年一般都只有六个星期，而且整个冬天以来，这次只是第五个气温回暖的天。"

"今年冬天一切似乎都乱了套，"我说，"人类也缺乏煤和食物，很担心和焦虑，我也很同情他们。

"但是都会随着时间而改善的，沙米。长辈们都说，黑暗的时刻来了，但是没有太阳不能打破的黑暗。太阳才是世界之王。"

沙米抬起他黑色的小脑袋迎向阳光："我不是在抱怨，迪基。我希望世界上的每一只小鸟都能像我一样，拥有一个这样舒适的家。"

"墙上的洞是怎么来的？"我问道。

"有些工人在那儿搭了个脚手架来修理烟囱的顶部。后来他们拆卸脚手架的时候把一块砖打了出来。"

"你筑巢的时候地方够大吗？"

"哦，够大，你不想来看吗？你不害怕吗？"

"不怕，"我热情地说，"无论何时，只要我仔细观察一只鸟的眼睛，就能确定我是否能相信他。"

"那就来吧。"沙米高兴地说，带着我飞向他的小房子。

第六章　一只淘气的松鼠

"哦，真是太舒服了！"我叫道，"你有一个小客厅和一间卧室，多么干净整洁啊！长辈们都说他们很高兴看到一只鸟年复一年地整理他的巢。你的伴侣也一样爱干净吗？"

"是的，"他回答道，"我经常和珍妮在一起，但你可能知道的，麻雀到春天才配对。冬天的时候鸟儿们都是成群结队的。这艰难的几个月，珍妮和她的父母一起在车站附近的闹市区度过，因为那里的食物供应比较充足。我常去看她，我也希望她尽快回来，开始整理家务。我们喜欢抢在别人之前筑巢，因为每年都有恶鸟试图把我们赶出我们想拥有的家。"

"万物生来就要争斗。"我欢快地说。

"我不太清楚金丝雀们是怎么样的，"沙米说，"我见过的所有金丝雀非常排外和傲慢，都看不起我们这些生活在街头的鸟。"

"我家里有些人也是那样的，"我叹了口气，"但是我常跟人

们待在一起，我的小脑袋里比其他的金丝雀更有智慧。"

"我跟你差不多。"沙米由衷地接茬道，然后他突然停了下来，叫道，"快低下头，进来！"

我从他宽敞的走廊上跑进他的小卧室，好奇发生了什么。一阵雨似的坚果壳擦着我们的嘴边落下。"这是谁干的？"我问。

"是斯奎里——他很讨厌我，因为他没能把这间房子占为己有。"

"那谁是斯奎里？"我问。

"他是你能见到的最坏的松鼠、最坏的混蛋。他不尊重任何动物，你知道他最擅长的歌是什么吗？——他压根不会唱歌，他的声音就像乌鸦似的。"

"我无法想象松鼠能唱出什么样的歌来。"我说。

"我可以给你学一遍，"沙米说，"虽然我自己也没有一副好嗓子。"

> 我不在意任何人，谁也不喜欢，
> 也没有人在乎我。
> 我住在幸福街的中间
> 幸福无边。

"在这个不好过的日子里，你怎么看待这首自私的歌？"

我由衷地笑了："也许你看待斯奎里的时候太较真了。我想看看这个小坏蛋，他也住在你们家的这栋房子里吗？"

"是的，就在我们头顶的屋顶下。今年夏天，他从外面挖了一个洞，在里面贮藏了大量的坚果，是他从善良的莱斯太太的杂货店里偷来的，就在隔壁的街角。如果他想活动活动筋骨，他有一个很大的地方可以蹦蹦跳跳。他说在房间的角落里有一个温暖舒适的小床，床上铺着柔软的羊毛和从女士衣服上撕下来的毛皮，因为他掌管着这附近大部分的卧室。你见过住在这所房子的大阁楼里的两个老处女吗？"

"见过，我的女主人称她们为单身女孩。"我礼貌地说道。

"女孩？"他嘲讽地说道，"她们更像老女人才对。不管怎么样，她们很怕老鼠和大家鼠。有时候斯奎里醒来，就会蹦蹦跳跳地穿过地板，跑到他的储藏室去拿一颗坚果，让它滚来滚去，他又啃又咬。每当这个时候，她们都大发雷霆，跑到女房东那里，催她赶紧爬上三层楼去看看。

"女房东会喘着粗气侧耳听，然后说：'肯定是只大家鼠，一般的老鼠没有这么大动静。'接着她会去地下室拿一个捕鼠器，撑开它的大嘴巴，往里面放上一些奶酪，将捕鼠器放在房间的角落里。

"斯奎里在天花板上做了一个活动的小洞，用来监视她们。他从小洞里看到她们的所作所为，都快要笑死了。他很喜欢捉弄人们，低声对他们发出嘘声说：'能抓住我的捕兽夹还没做出来呢，希望你把自己的老脚趾夹进去。'"

"这话真是太无礼了。"我叫道。

"哦，反正他就是这样的，谁也不在乎，后来有一天晚上，他那个可怕的愿望真的成真了，他高兴得几乎喘不过气来，就跟中风了的松鼠一样。"

"事情是怎么发生的？"

麻雀很喜欢这样聊天，他用小舌头舔了舔嘴，接着说道："是这样的，单身女士们想让她们的房间看起来更漂亮一些，便开始移动家具，可是忘记了那个捕兽器的存在，于是麦琪小姐的脚趾就被夹住了——她发出了一声尖叫，连我都从熟睡中惊醒了。

"房客们都手里拿着家伙跑上楼来，有带着灭火器、熨斗和拨火钳的，还有一个人拿了一把左轮手枪。而我还以为房子着火了，便从这面墙上的小洞里飞到这棵树上来了。在这里，我可以从高处看到阁楼的窗户。房客们都涌进了房间，可怜的麦琪小姐戴着卷发纸，穿着粉红色的睡衣，尖叫着，一只脚蹦来蹦去，另外一只脚穿着拖鞋，被捕兽器夹住了脚趾。

"而斯奎里就在屋顶外边，弯腰看着她。他笑得都躺下了，仰着他那邪恶的小肚皮，笑得那么厉害，最后甚至都开始在屋顶的雪上打滚，才冷静下来。他看起来真是太可怕了！我们都希望夜里的时候他会死掉，但是第二天早晨我们围坐在树上对他议论纷纷，试图回想一下他做过的好事时，他从前门的洞里探出了头来，对我们做了你能想象到的最难看的鬼脸。他真是个可怕的家伙，春天一到，我就会为这儿的女主人们感到难过。"

听了沙米语重心长的话，我笑了笑，调整了一下坐姿，用胸脯贴着砖头，这样更舒服些。天气这么好，我想我要在外面多待一会儿。从他明亮的小眼睛中能看出来，这只小麻雀很喜欢和我聊天。我们站在一缕从他的前门洒进来的阳光里——经过漫长而寒冷的冬天，这阳光照得我们的羽毛上有一种温暖的感觉，非常舒服。

"斯奎里是怎么给那些房客惹麻烦的？"我问。

"嗯，一开始的时候，他因为无所事事，就去打扰那些人。他是个丑陋又古怪的老单身汉，春天的时候也从来都找不到对象，因为没有一个有自尊心的小松鼠会和这样一个小坏蛋交往。"

"可怜的家伙，"我说，"独自生活足以使任何人变得丑陋。"

沙米继续说道："斯奎里只在这附近住了两年。他一直都是这样，在哪里都待不久，因为他的恶劣行为让他树敌无数，所以他总是被赶走。他刚来这儿的时候，住在拐角处那棵半死不活的榆树上的那个舒服的大洞里。树的对面就是一间出租屋。你从这里也可以看到，就是上面有凉台的那间，它由一个士兵的寡妇在打理；她真的很可怜，连纱窗都买不起，便宜了斯奎里，靠着她的一个房客——住在三层的一位年轻的学生，度过了一段贵族般的时光。那位学生很奇怪，从不吃肉。他以坚果、奶酪、水果、鸡蛋和面包为食——这些都是斯奎里喜欢吃的东西。所以他决定和这位学生同住。这位年轻人是个非常喜欢新鲜空气的人，从来不关窗户。这正好适合斯奎里，所以每当这位叫多利弗的年轻人离开屋去上大学的时候，斯奎里就会从树枝上跳到屋顶，然后跳到凉台上，一转眼就进入房间。他很少当场吃东西，而是把所有的东西都搬到树上的洞里去，所以学生觉得一定是打扫他房间的女佣在偷他的东西。

"于是学生就去质问女佣，但是女佣说她根本不知道这是怎么一回事；然后多利弗就把存放生活用品的五斗橱锁上了。斯奎里就爬到后面，就着一个钻孔开了一个洞，就这样钻了进去。而那个学生就认为女孩一定是有钥匙，便去找了房东太太。房东太

太解雇了女佣，又雇了一个，但学生的东西比以前丢得更快了。

"接下来，学生发了火，对士兵的遗孀说，她最好还是对她雇的女佣们都好一点。房东太太便说如果他不喜欢她的房子的话干脆搬出去好了。

"但是，她还是解雇了第二个女孩，又雇了另外一个。可还是老样子——坚果、水果、奶酪、面包还是不见了。这回学生勃然大怒，他把大旅行箱里所有的衣服都翻了出来，把衣箱当作储藏室，把钥匙放在衣袋里。

"这回他什么也不会丢了，因为就算聪明如斯奎里，也进不去上了锁的箱子。不过凭斯奎里的鬼聪明，此路不通，他也会另辟蹊径。士兵的遗孀成了他下一个受害者，他常常望着窗户，看她在什么地方。她一转身，他就飞快地跑进屋里，抓起一点食物就跑。

"'现在，'士兵的遗孀说，'最后的这个女孩也不老实。她对学生的衣箱下不了手，就来和我作对了。'姑娘哭着说她受过良好的教育，一根针也不偷，可士兵的遗孀还是把她打发走了。

"这个时候，这栋房子在女佣中已经声名狼藉了，大家都说士兵的遗孀再也找不到肯给她家干活的人了，于是，可怜的遗孀要自己干很多活，变得瘦弱，苦不堪言，而东西依旧接连不断地丢失，直到最后，她甚至说：'我自己一定就是那个小偷，只是连我自己都不知道而已。'

"但是，做坏事的人迟早都要付出代价的，很快斯奎里就被抓到了。这时他已经太胖了，几乎跑不动了，他偷的坚果和硬饼干都足够他吃两个冬天了。为了减肥，他开始逗弄寄宿处的那条狗。白天是不行的，因为他不想让人看见。温暖的夏夜，那条叫罗文的狗趴在门廊上，斯奎里就过去对着罗文喋喋不休，还会坐在罗文的后腿上戏弄他，看罗文敢不敢来追他。房子里没有能够抓住斯奎里的猫，所以他就在院子里跑来跑去，有时跑到前门，有时跑到后门，老罗文在后面紧追不舍，舌头从嘴里耷拉出来，脸上傻乎乎的。

"有天晚上，士兵的遗孀说：'这条狗疯了，得给他下点儿药了。'因为她看到罗文在院子里跑个不停，有时去房子后面的旧谷仓，然后再跑回来。

"罗文快要疯了。他不再理那只恶作剧的松鼠，而是跑向他亲爱的女主人，把爪子放在她的膝盖上；但是她不懂这是怎么回事儿，把他推开了。

"我觉得这真是糟糕透了，想知道自己能不能帮上点儿什么忙。"

"你怎么知道这些的？"我打断他，"晚上的时候你不是都躺在床上了吗？"

"你知道的，"沙米说，"所有白天活动的鸟儿都会把他们白天的所见所闻告诉昼伏夜出的鸟儿——比如猫头鹰，蝙蝠，甚至还会讲给某些昆虫。那么，有来有往，我们也会知道一些夜里发生的新闻——有一只年轻聪明的鸥鹣替我看着斯奎里。"

"哦，原来如此，"我赶紧说，"我们这些生活在笼子里的鸟儿远不如你们这些自由自在的鸟儿消息灵通。不过，我知道关于鸟儿们之间互通消息的事。我听那些年纪大的长辈们说过，他们有时甚至不得不依靠蟑螂来获取新闻，因为他们无法自己走动。"

"好吧，"沙米接着说，"我下定决心，必须得做点什么开导一下那个士兵的遗孀，于是，第二天早上我就在附近转来转去，连自己的早饭都不想着吃了。不过，当然我起得特别早，在我的配偶起床之前，我就把孩子们都喂饱了。

"我看着那个士兵的遗孀从冰箱里拿出一瓶牛奶放到食品柜的架子上。我看着她往一个小罐子里倒了一些，放在餐桌上。当她走到后门和卖菜的人说话时，我仍然盯着她，但是，接着我就看到了斯奎里。

"那个小野兽正往餐厅里面冲。他径直朝牛奶罐走去，用爪子抓着边缘，把头伸进去，美美地喝了一大口。

"我落在窗台上，发出一声大叫。那个士兵的遗孀转过身来看我，就这样看到了把头伸进牛奶罐里的斯奎里。她惊叫了一声，扔掉手里的卷心菜，赶紧冲进房间，正好看见斯奎里顶着一张乳白色的脸从房子前面的另一扇门里冲了出来。

"哦，她真是高兴极了！她一下子就全明白了，她觉得自己真是太笨了，一直以来被一只松鼠耍得团团转。她跑到学生的房间告诉他这个好消息，学生走到窗边，对斯奎里晃了晃拳头，叫他红鼠疫。"

"那斯奎里怎么说？"我问。

"斯奎里说'我不在乎'，而且他也不像之前那样掩人耳目地躲着了，干脆大摇大摆地坐在树枝上，舔他沾满了牛奶的爪子。然后他沿着街道走了六户，来到一栋住着两位未婚女子的房子。现在她们已经走了，但她们还有一个小茶室，卖蛋糕和糖果。斯奎里在她们周围爬来爬去，而她们觉得有个小宠物很可爱，所以常常在窗户上给他放一些坚果。"

"难道她们不知道他在拐角处闯了什么祸吗？"我问道。

"不知道——你们这些年轻家伙不知道城市里的情况。没有人知道或关心谁住在附近。在这个友善的国家，方圆几英里内的人你都认识。之后呢，斯奎里和这两位女士熟络了起来，还常常睡在房子里，逗弄她们家里养的猫。起初他并没有做什么坏事。他知道自己的处境很不错，但就在复活节前的一天，他身体里的撒旦复苏了，他对可怜的女士们做了一个恶作剧。

"她们一直在为复活节大减价采购准备篮子，在一张大桌子上把篮子一排一排地放着—— 一些看上去很可爱的和风小篮子，全都是红黄相间的，里面装满了一层层的坚果和糖果。

"这天，两位女士都到市区去买东西了，她们要多准备一些小篮子，结果斯奎里进了房间，开始玩那些已经包装好的篮子。我透过窗户看见他了，但我能做什么呢？我对他叽叽喳喳地说他是个坏家伙，破坏了两位对他很好的女士的劳动成果时，他牙齿格格直响，还冲我做了个鬼脸。

"不过，如果他只是玩坏了一两个篮子也就算了，就不会有多大的影响，但他就像樱桃结果时的傻鲍勃。"

"傻鲍勃是谁？"我问。

"一只脑子不太好使的知更鸟。他没有吃几颗樱桃却跑遍了整棵树，在每颗樱桃上都轻啄了一下，结果樱桃全毁了，园丁们对他大发雷霆。斯奎里在一排排看起来很诱人的篮子里跑来跑去，他很害怕，在女士们回来之前他没有办法收拾好恶作剧的残局。他在每根吸管的顶部都咬了几下，又咬了边上，还咬底部，然后

一把扯下来，把糖果和坚果扔到地板上。”

"什么！他把每一个都弄坏了吗？"我震惊地问道。

"我告诉你，真的是每一个。哦，那场面真是太糟糕了！所有的篮子都毁了，然后他还把坚果拿到树上的洞里去了。"

"那两个可怜的女士回来之后怎么说？"我问。

"你应该看看她们的脸。每个篮子她们都花了五毛钱，你知道坚果、糖果和葡萄干有多贵。她们生气了，雇了一个木匠来把斯奎里的树洞钉上了，还小心翼翼地让他先出来。后来，只要他再靠近房子，她们就朝他扔东西。"

"那斯奎里怎么做的？"

"他说他厌倦了城市生活，需要呼吸一下乡村的空气，于是他上了北山，一直待到女士们搬走，他才又回到她们的住处，要了一个几乎同样恶劣的花招，捉弄一位和蔼可亲的老爷爷。"

第七章　更多斯奎里的故事

"怎么会这样，斯奎里真是这个社区里的捣蛋鬼。"我说。

"他确实是，而且我劝你不要想着去感化他。他一定会给你带来麻烦。"

"他对那位老爷爷做了什么？"我问。

"因为他，那个老爷爷犯了一个大错，他打了一只无辜的狗。"沙米严肃地说。

"哪只狗？"我又问。

"他的名字是普路托，但我们都叫他暴脾气帕奇，因为他脾气暴躁。不过他是条好狗，因为他努力克服自己的缺点。他过去是个小偷，但那位老爷爷跟他讲道理，打他来惩罚他，直到最后，他成了一条非常老实的狗——但那年圣诞节他被狠狠地揍了一顿。"

"老爷爷是谁？"我再次问。

"老爷爷是一个很善良的外国人，住在拐角处的一所小房子

里。他靠卖旧衣服赚钱，还把女儿的孩子抚养成人。圣诞节的时候，他攒了足够的钱，给他的孙子们买了一棵漂亮的圣诞树。圣诞节前夕，他熬夜修剪圣诞树，暴脾气帕奇在一旁看着他。百叶窗拉了起来，另一只名叫奇卡瑞的红松鼠——一个了不起的攀登者，他告诉我，他也注视着老人，看到他把一袋袋糖果、一支支蜡烛和一串串爆米花挂在树枝上，真是太有趣了！

"过了一会儿，他说：'喂，小狗，你别碰任何东西，明天早上孩子们把树'剥光'的时候，你就有好东西吃了。'

"暴脾气帕奇摇了摇尾巴。他已经饱餐一顿了，一点也不饿，而且当时他已改过自新了。

"不幸的是，老人在放着那棵树的厨房和餐厅里忙来忙去，出来的时候却忘了把暴脾气帕奇一起带出来，结果帕奇只好和那棵树一起睡在屋里。当然他什么都没碰，但是不知道那只坏蛋松鼠从哪个角落或者洞里冒了出来。"

"那些松鼠在冬天的晚上外出做什么？"我问。

"红松鼠不像有些松鼠那样，在冬天睡得像木头似的。"沙米说，"奇卡瑞四处游荡是因为他储存的食物已经所剩无几，而斯奎里就是出来捣蛋的。斯奎里眼光长远，非常精明，总是储存大量食物。也许他感觉到了圣诞节的气氛。不管怎么说，他走进这间破旧的小木屋，好像疯了似的，在圣诞树上跳来跳去，但他几乎没有碰挂在上面的任何东西。为了捉弄暴脾气帕奇，他一点一点地啃，撕咬着低矮树枝上的一切。"

"那暴脾气帕奇为什么不追他呢？"我愤怒地说。

"他追了，但是一只狗能拿一只敏捷的松鼠怎么样呢？另外，尽管房间里有月光在照耀，但暴脾气帕奇还是看不太清楚，他也已经上了年纪了。他气极了，最后向空中纵身一跃，抓住了斯奎里的尾巴尖，那尾巴就像一面毛茸茸的大旗。帕奇咬得满嘴都是毛，而斯奎里的尾巴后来也不那么好看了。

"动静最大的时候，老爷爷醒了，走了进来。当然，斯奎里藏起来了，而帕奇站在那里，一瘸一拐地发抖，他那双可怜的眼睛望着满地的破糖果袋和爆米花。

"'所以——你又犯老毛病了是吧！'老人说，'你把我送给孩子们的东西弄坏了，我就得打你了。'他是个很耐心的老人，但他现在非常生气，暴脾气帕奇被一根绳子狠狠地抽了一顿，就在这时，他被嘴里的松鼠毛噎住了。

"老人停止了殴打，盯着他看，然后拿起那一小束暴脾气帕奇咳出来的毛皮，仔细地看了看。然后他放下绳子，走到树下……

"他的脸沉了下来，看上去非常难过。'先罚后察，'他说，'有多少人是这么对待孩子的。为什么我没有注意到一只狗怎么会在没有把树撞倒的情况下把上面的东西全都弄下来呢？是可恶的松鼠来过这里，我早该发现的。狗，我请求你的原谅。'他和暴脾气帕奇十分严肃地握了握手，帕奇显出一副受苦受难的样子。"

"后来斯奎里怎么做的？"我问，"他的良心有没有受到触动？"

"一点都没有。他暗自得意地回家了，但你猜他发现了什么？"

"我不是很了解松鼠这种动物。"我说。

"我很了解。"沙米说，"松鼠们大多都是活泼可爱的小动物，除了有少数喜欢吃鸟蛋，还有的会杀死幼鸟。所有的麻雀都喜欢

奇卡瑞，从那天晚上起，他在我们心中成了一个完美的英雄。他很了解斯奎里，确定他会留下来幸灾乐祸地看着他一手造成的恶作剧，所以便飞快地跑向了他的食橱——"

"谁的食橱？"我问，"他自己的还是斯奎里的？"

"斯奎里的——你知道的，那个小坏蛋在树上的老家，树上的那个舒服的大洞，已经用木板封起来了，他在这一带唯一能找到的避难所就是一个简陋的屋顶。奇卡瑞知道在哪里，他冲过去，在斯奎里回来之前把所有他藏在那里过冬的好东西都带走了。这可气坏了斯奎里！等他回家发现了后，气得在洒满月光的屋顶疯狂地蹦来蹦去。这是睡在那里的一只麻雀告诉我们的，那声音把他惊醒了，他清楚地看到斯奎里来回蹦跳着、快走着，嘴里还喋喋不休地念叨着什么——鼻子一会儿抬起来，一会儿又放下，甩着尾巴用四条腿在挖雪！哦，他真是气疯了！他不得不到南方去度过剩下的冬天，但是春天的时候他又回来了，比以前更顽皮了，因为就在第二年的六月时，他变成了一个杀人犯。"

"杀人犯！"我惊恐地说。

"是的——如果你不嫌我唠叨的话，我可以告诉你是怎么一回事。"

"不，我不会的——我很喜欢听你说话。"我热情地说。

第八章　沙米的观点

　　"那年六月初，我和珍妮生了许多可爱的孩子，"沙米说道，"有一天，我们出去捉棕尾蛾^①，我可以向你保证，我们麻雀吃掉了很多的害虫。当我们喙里塞得满满的，正急急忙忙地跑回洞里去的时候，一只友善的夜莺飞过来，说道：'唧唧，唧唧，快点，快，斯奎里正在你的洞里，还舔着他的红爪子。'

　　"我们丢下食物，在空中疯狂地飞行。"

　　"噢，我记得你说过他爬不上那道陡峭的墙。"我说，我们已经回到了沙米的门厅里，看着那面墙从我们上面和下面延伸开来。

　　"没错，但有个工人来修理烟囱，在墙边留了一个梯子。"

　　"你要说的不会是斯奎里杀了你的孩子吧？"

　　"无一幸免，他们躺在巢里，稚嫩的小喉咙被咬了。"

　　"你是怎么做的？"我问。

　　"我的配偶珍妮几乎发疯了，我也是。我叫来了我的麻雀朋

_____

　① 棕尾蛾：一种果树害虫。

友们——吉姆、丹迪、白尾约翰尼、黑羽格尔热，狠狠啄了斯奎里一顿，那大概是一只松鼠所能遇到的鸟儿最猛烈的袭击。我们追着他跑过屋顶，跑到树上。他从一根树枝跳到另一根树枝上，我们在他身上咬了几口，把他咬得又红又痛。你知道的，当时已经没有那舒服的树洞能让他躲起来了。"

"如果他肯做个乖巧的松鼠的话，"我说，"那两位女士就不会把他的家封起来了。"

"确实如此。斯奎里该开始明白了，一只坏松鼠是会被鸟或者其他野兽惩罚的。最后，这个小坏蛋喘不过气来了，他喋喋不休地说：'可——可——可怜一下我吧！'我们都围着他，他趴在地上喘着气。我们警告他维护和平，如果他再杀一只麻雀，就会被赶出这个社区。"

"我很好奇你们是不是应该为了其他小鸟的利益把他赶走呢？"

"但是有很多捕鸟的家伙，"这只麻雀耐心地解释道，"男孩们向我们抛掷石头，猫也会捕杀我们。布莱克·托马斯，就是寄宿公寓里的那只猫，夸口说他一年能捕到五十只鸟。还有些外国人也要抓我们，尤其是意大利人，他们甚至会射杀一只山雀用来做汤。在我看来，每个人都瞧不起鸟儿，而且最瞧不起的就是麻雀。"

"沙米，"我说，"这个下午我刚刚认识你，但是我觉得我和你已经相识了很久似的，就好像你和我是一起在鸟屋长大的一样，现在，我想问你一个非常私人的问题：麻雀难道没有做过一些非常不好的事情吗？"

他笑了："哦，我看出来了，你一定听到过一些说麻雀不好的言论吧。我对此并不是很敏感，你可以和我讨论一下。"

"你真是只开明的鸟儿，"我说，"来吧，告诉我你觉得你们做错过什么。"

他垂下他那又小又黑的头，假装从他的黑围嘴上摘一根羽毛。"我们是典型的英国佬，盎格鲁·撒克逊人血统，"他说，"我们喜欢不断地向新的国家推进，并且安家。大约五十年前，我们被带到美国和加拿大去消灭尺蠖。多伦多附近的一些绅士募集了一笔捐款，要把我们带到这里来。我们遍布这片大陆。我们不得不为生存而战，所有的弱者都会死掉，而强壮的变得更强壮。后来，我们繁殖了太多了。人们应该管着点儿我们的。"

"很好，"我说，"你相信人是第一位的，所有的鸟都应该服从他们。"

"当然了，"他回答说，"这是麻雀信条里的第一准则，世界上没有一种鸟像麻雀那样亲人。可是为什么，我们睡在人们的房子周围，甚至藏在最不舒服的洞和角落里？虽然人们很少会饲养我们，但我们真的很热爱人类。"

"我们的玛丽就养麻雀啊，"我坚定地说，"她妈妈也是。"

"他们是例外，"沙米说，"几乎没有人像马丁家那么好心。我只希望所有的人类都能像对待你们金丝雀一样善待我们。人们把你们这种鸟管理得井然有序，按需增减，却让麻雀到处乱飞，这给我们和他们来说都带来了很多麻烦。现在有一大片骂声，反对麻雀，街上的男男女女都抬头看着我们说：'你们这些小麻烦！'我便会叽叽喳喳地回嘴道：'这不是你们自己造成的吗？'"

"他们能对你们怎么样呢？"我问，"你们不想被射杀吧？"

"确实不想，"沙米说，"也不想被毒死。我们这几年下的蛋都应该被毁掉，那样就不会有这么多了。"

"但是对母亲们来说这太痛苦了，"我说，"就算只破了一个蛋她们都会哭泣的。"

"我的珍妮会哭的，"沙米说，"但是她会明白的，而且她也不会下很多蛋。她知道食物和巢穴给这个世界制造了很多麻烦。这就是海鸥告诉我们的有关于人类在海上的大战。他们说，那一切都是关于食物和家庭的，邪恶的人们想要夺走所有好的东西。"

我突然有了一个想法："这就是你们麻雀对从乡下飞进城来的鸟儿如此残忍的原因吗？"

"是的，这是食物短缺造成的结果。没有足够的食物分给每一位，如果有的话，那将万物平等。我不讨厌野鸟，我有很多朋友都是他们中的一员；如果有足够的食物给他们和我的孩子们的话，我是不会驱赶他们的。但是，如果只有足够的食物给小麻雀吃的话，恐怕我就是个很坏的、难对付的鸟爸爸了。"

"你有杀死过他们吗？"我害怕地问道。

"从来没有。"他果断地回答道，"我抢他们的窝，有时他们很固执，我就打他们。"

"我不知道该怎么想，"我困惑地说，"你似乎是一只理智的鸟，但我还是不喜欢你打那些可爱的小鸟。"

他把自己的小身体胀得鼓鼓的，像气球一样，胀得他的羽毛向四周竖起来。然后他滔滔不绝地说："你这种生活在笼子里的鸟，总有人给你们准备好吃的，你们怎么会懂得呢？想象一下，如果是你生活在街上，没有朋友，没有食物，一阵冷风吹过，四五只饥饿的雏鸟朝你张着小嘴，而你却没有东西可以喂给他们；你可怜的伴侣在它们身边转来转去，试图给他们保暖，这样他们就不会那么饿了。难道这种时候你不会去偷去抢，以满足这些嗷嗷待哺的小家伙吗？"

"哦，我不知道，我不知道！"我说，"我从来没有处在这样的境地过。我还只是一只年轻的小鸟。鸟舍里总是有足够的好东西给我们大家吃，我觉得我不可以伤害别人来救我自己的小鸟，但我也不知道。"

"你当然不知道，"沙米不客气地说，"除非你真的要面对这些可怕的麻烦，否则你永远不知道自己会做什么；但是我告诉你，迪基，我已经下定决心不会再去伤害其他的野鸟了。我会先离开的。"

"那就对了，沙米。"我说，"这话听起来不错。"

"鸟的问题是个奇怪的问题，"沙米说，"我听非常非常老的麻雀说过。他们说，鸟类和兽类自生自灭的时候，可以自行维持所谓的自然平衡，但是人类一加入进来，就开始建造花园和果园，种植奇怪的东西，射杀狼和狐狸，还有熊、鹿和鸟，还会把一些奇怪的外来的害虫带进这个国家——"

"为什么，沙米，"我说，"人类怎么能那么做呢？"

"他们得到了像海一样广阔的土地，用来种植谷物和一些植物，如果他射杀掉鸟儿们，害虫就会泛滥，他的庄稼就遭了殃。"

"好吧，"我说，"我明白这个道理，但是我不懂人类为什么不能射杀像狼还有狐狸那样的野兽呢。"

　　"我没说他不应该，我只是说他这样做了，并且因此遭了报应，因为那些动物会杀死那些破坏他庄稼的小动物，比如老鼠、野兔和松鼠。迪基，我想试着向你说明的是，人类是伟大的、奇妙的，但也是很令我们苦恼的。现在，人们都说着要消灭麻雀，我说：'不要再消灭任何物种了，让他们留下来吧。'"

　　"现在我明白了，"我说，"那我想你会说：'连猫也不要杀，因为他们有好处。'"

　　"当然了——但我确实很讨厌他们。我希望寄宿家庭里那只猫，布莱克·托马斯，现在立马死掉，但是，迪基，不能否认猫是世界上最好的捕鼠器。我家珍妮的父母住在市中心旧车站的屋顶上，他们那里有很多老鼠，车站的工作人员开始给老鼠下药。一个可爱的小男孩和他的母亲一起旅行，他从角落的一个洞里掏出了一块给老鼠吃的饼干，趁他的母亲转过身没有注意到的时候吃了，差点死掉。站长勃然大怒，让人们把所有的'老鼠饼干'都捡起来，用这些饼干杀死动物是一种非常残忍的方式。他们出去买了一些又好又聪明的猫。珍妮说其实还发生了一件站长不知道的不幸事。一位女士带着一只小狗旅行，那是一只墨西哥吉娃娃狗，小到可以站在你的手上；他从那位女士的身边跑开，钻进了地上的一个洞里。她找了好几天，一个人在一个残忍的捕鼠器上找到了他，可怜的家伙被捕鼠器夹住了爪子，结果这只小狗就这么死掉了。他天鹅绒般的小脚全断了，那位女士哭得很伤心。"

　　"沙米，"我说，"这一切都太可悲了。如果你愿意的话，我们换个话题吧，我想告诉你我真的很高兴遇到你，很喜欢和你聊天。"

"我也很喜欢你，"他情真意切地说，"而且我觉得我们会成为密友的。"

"你表达的观点都特别好，"我说，"不是那种很常见的想法。"

他骄傲地挺直了身子。"我们校队的麻雀被公认是城里最聪明的。我们听学生们的演讲，尤其是教授们的演讲，从而学会正确地表达自己。附近几乎没有麻雀说俚语，但你真应该去听听圣·约翰街病房里的那些鸟鸣。他们粗俗的表情最应该受到谴责，他们说话时嘴都紧闭着。他们说话的声音就像人类用鼻音说话一样。总有一天你会看到他们中的一些。他们有时会到这边来，但很快就会被我们赶走。"

"这提醒了我，"我说，"我在这所房子里飞进飞出，在这条街上转一转，安全吗？我跟你说过的，我习惯了自由自在，我很想了解一下这个巨大而奇妙的户外世界。"

"我替麻雀担保，"他说，"我要向大家传话，不许任何人骚扰你，我要让那只叫慢性子的鸽子去警告一下他的伙伴们。乌鸦不会打扰你的，因为他们很少来这里，而且他们即使来都是清晨的时候来，你们这些已经习惯了奢侈生活的鸟儿那时候还没有起床呢。"

"如果有人挑衅我，我该说什么？"我焦虑地问道，"我猜你们应该有什么暗号吧？"

"对，说'大学代表队'就行了，保证你平安无事。"

"知更鸟和在街心花园筑巢的小野鸟呢？"我问，"我从前辈那里听说，他们大多很容易受惊，但他们打架很厉害。"

"知更鸟们一时半会儿还不会到这里来，"沙米说，"他们来

的时候，我会跟他们的头领威克斯·克拉曼缇说的。"

"万分感谢，"我叫道，"我就是非常想在这附近到处逛一逛。有你这样一个厉害的朋友真是件了不得的事，今晚我要给马丁太太哼一首关于你的美妙的小曲。"

沙米没有说话，他望着红红的太阳，太阳已经开始往天空中那个巨大的白色牛奶瓶后面躲藏，而那个牛奶瓶是紧挨着我们的那条街道上一座巨大的牛奶厂楼顶上的广告牌。"对不起，"他说，"我得在天黑前找点东西吃。我看到邻居们正在倒垃圾桶。"

第九章　鸟儿们的下午茶

"如果你可以跟我去我家的话，我可以给你找些吃的。"我说。

他意味深长地看了我一会儿，然后说："我相信你，但是我怎么进去呢？如果我进去了，那只狗会做些什么呢？虽然她看起来很温顺，但她总归是只狗。"

"哦，比莉·圣代不会伤害我的客人的。"我说，"窗户在下午的时候一般都会打开一条缝，让客厅通风，因为直到晚上才有人坐在屋里。"

"马丁太太不在家吗？"他问。

我瞥了一眼离沙米的房子很远的那幢黄色出租屋，说："四点半钟她要出去和一个朋友喝茶。"

"你能请我喝什么下午茶？"沙米问。

我大吃一惊，因为这个问题听起来对我有些无礼。但是，我想他是在街上长大的，不能指望他礼貌周全，比如最好不要问主人会给你准备些什么。

"你这个问题太教条了，"我快活地说，但心里想轻轻地挖苦他一下，"我可能会说，首先会有一些海绵蛋糕的碎屑。"

"很好。"他说，他那角质喙满意地咂了咂。

"然后再尝一小口新鲜红润的苹果。"

"太好了！"他喊道，"这种天气麻雀很难吃得到新鲜的水果。"

"然后我还有一点早餐剩下的煮鸡蛋。"我说。

"鸡蛋！"他几乎尖叫了起来，"鸡蛋要一美元一打。"

我有些惊讶他会提到鸡蛋的价格。但是，我继续说："马丁家虽然在穿衣打扮上很节省，但总是有很多不错的食物。你没看见马丁太太和我们的玛丽看上去有多寒酸吗？"

"马丁太太帽子上的花很好看，"这只小麻雀说道，"但它们看起来就像被雨淋过一样。鸡蛋之后是什么？"

我对这个问题有点生气，我说："再好好喝上一杯凉水。"

"这个当然我在外面也能找到。"他说。

"当所有东西都结冰的时候呢？"

"那也还有安大略湖呢，"他说，"那里是不会冻上的。"

我担心他会认为我没有礼貌，不管他对我有多粗鲁，我都应该对他彬彬有礼。于是我说："好货不怕晚。我从窗户里注意到你很多次，看到你焦虑的样子我很难过，而且我觉得我们总有一天会认识的，所以我给你留了不少种子。"

"你留了种子给我！"他叫道。

"当然了，为什么不呢？"

"为什么，之前从来没有人为我那样做过，"他说，"除了我的父母。"

"我这样自己也开心,"我说,"如果可以的话,我想告诉你,我多么喜欢看到所有的鸟都安全快乐,他们的后代都茁壮成长。"

"你这话说得太好了,"他严肃地说,"我希望斯奎里也能听听你说的。他说:'鸟儿们,只要我吃得饱饱的,过得舒服,我才不在乎你们是不是饿得缩成了一团。'"

"哈!哈!哈!"传来一个听起来很邪恶的声音发出的喊叫,我几乎头朝下从墙上的洞里掉了出去。当我和沙米聊天的时候,我们慢慢地向前门踱着步,这时我们抬头一看,只见那只放肆的红松鼠正挂在屋顶边听我们说话。

沙米很生气,他箭一般飞奔到屋顶,狠狠地啄了一下斯奎里的眼睛。但是没用,那个小恶棍又蹦蹦跳跳地跑了进去。

我和沙米飞到前廊的顶端,坐在那里喘着粗气。

马丁太太打开门走了出来。我低头凝视着那个可爱的棕色身影,发出一声欣喜地惊呼:"啾啾!"

她对我吹了个口哨:"亲爱的——喔!快来!"然后她抬起头说:"哦,你交了朋友。告诉你的麻雀朋友,今天我给他买了些米,我想比起那些面包屑,他更喜欢这个。晚点儿我会放在外面的餐桌上。"

懂得感恩的沙米向前倾了倾身子,欢快地摇了摇尾巴,说道:"太感谢了!唧唧!"

"早上的时候我也会放一些的,"麦西指着书房窗户下厚厚的积雪说,"那里可以作为你们围坐在一起的餐桌。"

沙米欢快而响亮地大叫了一声。他可以肯定的是今晚会有一

顿大餐，明天早上也会有一顿丰盛的早餐。作为一只麻雀除了提前要两顿饭，还能要求什么呢？

"如果她有羽毛的话，一定是一只非常漂亮的鸟，"我们看着她走向出租屋的时候沙米说道，"这比你对这条街上走来走去的大多数女人的评价都要高。"

"那个出租屋真是太难看了，"我们看着她走向那里，"那些黄色墙壁到处都是黑色条纹，看起来就像它哭过一样。"

沙米正透过客厅里挂着漂亮的黄色丝绸窗帘的大窗户往里看。

"看看里面的那些女人，"他说，"她们的炉火烧得旺旺的，有一张白桌子，一个女仆送来热松饼和蛋糕，还有几片可爱的薄面包片和黄油，更不用说那只银色的大茶壶和奶油罐子了，还有整整一大碗糖。我真希望我也有一些，可她们就坐在那儿，只顾填饱自己的肚子，从来不给我们扔一点。夏天来临时，要不是我们把他们灌木丛中的那些害虫吃掉，她们的玫瑰哪里能长出来？"

"好了，好了，"我说，"你对那些给士兵们干活的漂亮女士要求太严格了，她们必须得吃好喝好来维持她们的生活。我敢肯定她们都没有意识到鸟儿们为她们做了些什么，如果她们知道的话，就不会把我们戴在帽子上了。"

"如果没有我们这些鸟，人类会死的。"麻雀说道，"毒药和喷雾剂都能很好地杀死害虫，但跟鸟的嘴还是没法比的。"

"马丁太太说农民们已经开始意识到这一点了，"我回复道，"并且正在制定明智的法律来保护鸟类。除了像我们的玛丽和她妈妈这样的少数女人外，别的女人都不明白。"

麻雀叹了口气，说道："我想你已经听说今年冬天有一半的野鸟濒临死亡。乌鸦们说雪山布满了褐色、灰色和蓝色的小尸体。"

"虽然地面被雪覆盖着，"我说，"难道他们还不能在树枝上找到昆虫的幼虫吗？"

"树枝上结了冰。有一天，城里的人都在说这里的一切是多么美丽，多么像仙境，那时的鸟儿们却惊愕地盯着他们的食物，就这么被冰雪锁了起来。"

"农民们应该给他们喂点儿粮食。"我说。

"有些地方是这么做了，但直到政府这样做之前，鸟类永远不会得到妥善照顾的。鸟儿们是公众的仆人，而公众应该保护他们——哦，我忘记了我的下午茶。我们进去好吗？"

"好的，好的。"我急忙说，赶在他前面飞到窗前。

当我和躺在炉前地毯上的比莉说话时，沙米待在窗台上。

"请允许我介绍一下我的朋友，住在墙洞里的沙米，"我说，"他可以保证我在这附近的安全。"我特意补充道，因为比莉不喜欢陌生人。

她非常非常轻地摇了摇尾巴，又趴了下去，好像在说："你可以随便交朋友，别来烦我就行。"

沙米是一只非常聪明的鸟。他走进一所房子的时候不会大惊小怪或坐立不安，也不会说怕什么东西会伤害他。他只是说："这对一只麻雀来说可是一件很不寻常的事情，我那些在外面的朋友很好奇我为什么进来。但是，我很饿，而且我相信你。当然，你

是明白的，你得对我的安全负责。"

我笑了，我知道这是什么意思。当我和他说话时，许多麻雀一直瞪着明亮的眼睛注视着我。如果他在这个房间里出了什么事，绿顶的毒打和他们给我的比起来，可就不值一提了。

"你在这儿和在洞里一样安全，"我认真地说，"现在到我的笼子里来吧，你从外面够不着这些吃的东西。"

他径直走了进去，看到他大快朵颐之后我也很开心。填饱肚子后，他说："我想告诉你这些种子尝起来真是太香甜了，能吃到一小块沙砾是多么的美味。整座城市寸缕之地都看不见，雪足有几尺多深——以前从未有过。几乎每只麻雀都因为马马虎虎地吃潮湿或者被冻住的食物得了消化不良，而且吃不到可以消食的沙砾。"

"要庆幸你没有生活在欧洲，"我说，"他们那里经历了极其可怕的磨难。"

"你听说过英国的小金丝雀在战争中被自己人的枪杀死的故事吗？"沙米问。

"没有，"我说，"还没听说过。"

"好吧，"他继续道，"你知道，当年同盟国部队在敌人的战线上布雷时，他们会把金丝雀装进笼子里放在他们挖的洞里，这样，如果洞里有易燃气体的话，他们就能从金丝雀的行为中辨别出来。就是这样的，有一只小战鸟当了逃兵。显然，他是个游手好闲的家伙，不愿工作。他栖息在无人区中央的一棵小灌木上，唱道：'我不想工作，我不要工作，我只想玩耍。'

"当时同盟国的士兵都惊恐万分，如果他们的敌人看到那只金丝雀，就会知道有人在布雷，便会向他们发射炮弹，把他们一举歼灭。于是同盟国的长官向步兵发出号令，让他们向那只鸟开火。他们照做了，但那只鸟儿太小了，很难击中他。他从一根树枝跳到另一根树枝，没有受伤。最后，他们不得不叫来了炮兵，用一门大炮发射炮弹，把小鸟和他栖息的灌木统统抛向空中。"

"太可惜了！"我悲伤地说，"如果他完成了任务，和士兵们待在一起，他也许还能活下米。如果你愿意的话，我可以给你讲一个关于猫的战斗的故事。"

"是什么故事？"沙米问。

"一只猫和她的幼崽的故事。有一天，同盟国的士兵看到一只猫经过无人区。她走得四平八稳，就像布莱克·托马斯在这条安静的街道上散步时那样。没有人向她开火，她穿过了第一道壕沟，在壕沟的掩护下，回到了军官们的防空壕里。她把所有的人都观察了一遍，然后穿过这片危险的土地，回到了敌人的防线上。战壕之间挨得很近，等她再回来的时候，士兵们都高兴得叫了起来，因为这次她嘴里衔着一只小猫。

"她把小猫叼到看起来最好的防空洞里，放在一件军官的外衣上。然后她又回去，叼来了第二只、第三只。士兵们都为她喝彩，没有一个人想去伤害她。马丁太太的外甥给她写信时，告诉了我们这个美好的故事。他还说猫妈妈和她的三只小猫是士兵们的偶像，脖子上总是系着粉红丝带。他们给那三只小猫起名为金杰、弹片和惊喜。"

　　"真是个不错的故事。"麻雀粗声粗气地说。

　　他的嘴里塞满了海绵蛋糕，看到他这副模样，我热情地说："哦，亲爱的沙米，如果我能像请你饱餐一顿这样请那些可怜的、饥饿的小鸟吃点东西的话，我该多高兴啊！"

第十章　沙米的请求

第一次见面过后，沙米经常来看我。事实上，每当他看到窗户开着，他就会飞进来；他知道比莉是个老实的狗，不会追他。

舒适的回暖天气没持续多久，就又变得非常寒冷。我不常出门，幸好可以从我的麻雀朋友那里得到外面的消息。

比莉对他颇有微词。二月底的一天，她对我说："那个家伙正在蒙蔽你的双眼。"

我朝她笑了笑，说道："你以为我觉得沙米来这儿只是为了看看我明亮的眼睛吗？"

比莉开始低声咕哝着说沙米是只贪婪的鸟，把我盘子里的种子都 吃光了。

"亲爱的比莉，"我继续道，"别把你那只小白嘴伸得太长，都管到鸟儿们的事情里去了。你会发现这就像狗的问题一样，出奇的复杂。当马丁太太从城里回来的时候，你巴结她，是因为纯粹的感情呢，还是只是希望她的皮手套里藏着一点给比莉带回来

的小点心呢？"

"我爱马丁太太，"比莉固执地说，"你知道我就是如此，就算她给我吃面包皮，我也和她住在一起。"

"你当然是这样的，"我安抚她道，"但是，你知道吗？在我看来，你是一只出身贫苦的狗，为了得到吃的，你不得不摇尾乞怜，而我是一只在奢侈的环境中长大的鸟，但你却对和你一样辛苦讨生活的鸟儿十分刻薄，这真是太奇怪了。"

比莉看起来有点不好意思，我说："你有一颗善良的心，我希望你不要在麻雀面前那么铁石心肠。下次他来的时候，你做点什么来逗他开心好吗？"

"我会的，"她说，"我想也许我对他不太礼貌。的确，我知道鸟类在这个寒冷的世界里生存是多么困难。"

"嘘，"我说，"他来了。"果然，沙米落在窗台上，尾巴一阵抽搐，说道："今天怎么样，迪基·迪克？今天冷得厉害，大家的胃口就像刀一样锋利。"

我飞过去迎接他，说："到我的笼子里来，自己拿种子吧。麦西在出去之前把我的盘子装满了吃的。"

沙米看起来很高兴，但是他说："希望你的麦西不介意给我和你一样的食物吃。"

"哦，不会的，她不会在意的，"我说，"虽然现在鸟食很贵。她的心胸像一棵卷心菜那么大，而且她为所有的苦难感到难过。她说，在她的生活中也曾经有过一两次忍饥挨饿，她知道饿肚子是多么可怕的感觉。"

"好吧，我要为她的健康干杯！"沙米边说边径直走进我的笼子，把他黝黑的嘴伸进盛着面包和牛奶的小碟子里。

"附近有什么新闻吗？"我问道。

"今天早上，斯奎里出来了五分钟，"他说，"只是让我们知道他没死。他吃了几颗坚果，然后把壳扔给了布莱克·托马斯。"

"我知道托马斯，"我说，"嘴是黑色的，胸前有白点，黄眼睛，很暴躁，也很高傲。"

"他也是个不得了的人物，"沙米说，"他发誓说总有一天会要斯奎里的命。"

"还有别的事儿发生吗？"我问。

"哦，对了——有两只奇怪的鸽子，灰褐色的，整个早上都在附近寻找筑巢的地方，苏珊和慢性子费了很大力气，把他们赶走了。"

当沙米来访时，比莉很少开口，她总是趴在炉边打瞌睡，或假装打瞌睡。但今天她开口问道："苏珊和慢性子是谁？"

我礼貌地等着沙米说话，但他的嘴里满是吃的，所以我替他回答了。

"他们是附近最老的两只鸽子，住在我们院子后面的旧谷仓里。他们对任何在附近定居的鸽子都很挑剔，不过，如果是合得来的陌生鸟的话，他们可以让他们在谷仓外面突出来的地方筑巢。"

"不过我刚才说的那两只奇怪的鸽子和他们合不来，"沙米说，"那两个陌生的家伙的羽毛看起来很糟糕，自己没有好好打理，而且'慢性子'说，从他们的样子就能看出来他们身上有害虫。"

"是虱子！"比莉突然叫道，"那真是太可怕了。以前，和我同住过的一些意大利人养的鸽子，就总是抓伤自己。晚上的时候还能听到他们的声音，真令人难过。他们无法入睡。他们会一起起来，站在他们的栖木抖来抖去。"

沙米从我的盛水的盘子里喝了点水，盘子里有一根生锈的钉子，是为了给我的血液补铁用的，接着他说道："我们是这个社区里干净的鸟。大学代表队的鸟们都讨厌虱子，所以我觉得慢性子和苏珊把这些陌生鸟赶走是对的——你觉得呢，迪基·迪克？"

我重重地叹了一口气，因为我是如此渺小的一只鸟，然后说道："你说得对，尽管这么做很不应该，可是干净的鸟们通常都会把脏兮兮的同类们赶走，而不是把他们留下来，试着为他们做些好事。把他们赶走似乎是最简单的方法。"

沙米在我的一个落脚处使劲擦他的嘴，说："你家麦西真是太会买种子了，这些非常新鲜酥脆。"

"她总是去批发商店买，"我说，"而且会看着那个人把种子从袋子或大盒子里拿出来。有些妇女买的种子，可能是已经在杂货店的货架上放了好几个月的了。"

"你看起来像一只营养丰富的鸟，"沙米说，"我家珍妮养孩子的时候也很挑剔，所以我家的小宝贝们是这附近最漂亮的雏鸟。比如说，如果她正在给雏鸟们喂棕尾蛾幼虫，她会在放进幼鸟喉之前把幼虫弄碎。有些麻雀就很粗心，食物只准备好了一半，就塞进雏鸟嘴里。"

我没说话，因为我还没有见过沙米的小家伙们。他从笼子里出来，坐在笼子顶上，开始清理他的羽毛，把皮肤上的死皮一块块啄下来。

"比莉，"我说，"现在是下午，时间还早，而且你已经睡了一觉了，给我们的客人讲讲你早年的生活怎么样？他前几天说他想听听。"

比莉起身，伸了伸懒腰。她明白我的意思，她想为沙米做点儿什么，因为她之前很刻薄地说过他。

沙米开口道："我很喜欢你，比莉。我注意到，你从不像邻居家的狗那样追鸟。"

比莉垂下了脑袋，说："我太清楚被追赶是什么滋味了。"

"你在那儿看不清我们吧，比莉，"我说，"你得伸长脖子才能抬头看我们。要不我们飞下去吧，沙米。"

"没问题。"他愉快地说。于是我们飞到桌子上的一盆风信子旁边，蹲下来，双脚踏在温暖的泥土上，胸脯紧贴着盆边。

比莉跳上了桌旁的一把大椅子，靠近我们，开始说："先说好，你们不要插嘴，不然我会很烦躁的。"

"好的，"麻雀说道，"你真是一条被宠坏的狗，除了你之外，应该没有谁想坐在哪张椅子上就可以坐在哪张椅子上了吧。"

比莉又低下了头，我轻轻推了一下麻雀。"安静点儿，她对那个话题很敏感。"

"这跟我早期的经历有关，"比莉最终开口道，"对我身边的穷人来说，没有什么是神圣的。一张床或一把椅子都比地板舒服多了，我无法克服这种感觉；为此我挨了许多鞭子，被训斥了很多次，可是没有用，我不长记性。"

　　"就跟鸟儿似的，"麻雀欢快地说，"这是与生俱来的性格特点。如果我迁就一只幼鸟，让他占据巢中最好的位置，等他长大了，我就无法让他离开巢了。"

　　"接着说吧，比莉，"我说，"我们等着听呢，还有，沙米，不要再插嘴了。这是个说来话长的故事，下午就要过去了，麦西很快就到家了。"

第十一章　比莉·圣代的故事

"好吧。"比莉说。

我还是只小狗的时候，名字叫缇娜，我记得的第一件事，是被一脚踢到了地板中央。

我之前肯定被踢过很多次了，后来的日子里就更不用说了，但是那一次我印象深刻。因为我那时很小，腿还很短，自己爬不回床上，于是不得不在地板上过夜，而当时正处寒冬，所以这件事深深印在了我年幼的脑海当中。

我和几个意大利孩子住在一起，他们的家长是一个叫安东尼奥的男人以及他的妻子安吉丽娜。他们住在纽约布朗克斯区的一间小房子里。他们是相当善良的人，除了他们大发雷霆的时候——女人会拿着扫帚追我，男人会踢我。我是一只相当笨的小狗，胆子也小，常常妨碍到他们。

孩子们总是殴打我，但我还是喜欢他们。因为不管什么时候，不管他们睡觉的时候滚到了什么地方去，不管是在地板上还是在

他们那堆满了旧衣服和破毯子的古怪的、摇摇晃晃的床上，我都可以和他们依偎在一起，为他们保暖。

安东尼奥是一家之主，以前，他靠给纽约新修的路挖排水沟为生。晚上回家时，他会摸摸我的肋旁，如果我看起来骨瘦如柴，他会对妻子说："给这个家伙一点儿面包吃。"如果我看起来比较胖的话，他则会说道："他什么都不用吃了，把东西都留给那只小的吧。"

你可以想象，就是这种待遇，让我开始自给自足。我每天不得不花大量时间，从一个后院跑到另一个，看看住在附近的那些意大利人扔掉的旧盒子和桶里能不能找到一些吃的，因为他们没有像富人家里那样漂亮的垃圾桶。

其他的狗和我一样，自力更生，因为我没有战斗力，只有更加努力才能找到足以饱腹的食物。

我能做的就是早早起来，在其他的狗还没有出动之前就起来。住在附近的穷人们，几乎每家都有个花园或者奶牛场，或者养了鸡或鸽子，所以都会养狗来吓跑小偷。这些可怜的动物整个晚上都被链子拴在狗窝里，苦不堪言，他们发出大声地吠叫；但是他们的声音越大，他们的主人就越高兴。

当我在寒冷的冬夜听到他们的声音时，常常在孩子们旁边的床上蜷成一团，谢天谢地，我没有被关在外面。

我的意大利主人养过鸡，但是最后都死掉了。女主人太无知了，她不懂得，如果你想要健康、肥硕的家禽，你必须给他们好吃好喝的，保持他们环境的清洁。当她站着看她的病鸡时，我常常对着她叫，但她听不懂我的语言。"女人，"我试着说道，"假装这些鸡就是你的孩子们。你的小家伙们白白胖胖的、健健康康的，是因为你喂他们吃得好，让他们有足够的室外活动空间，生活环境相当干净。"

随着时间的推移，我的主人们越来越穷。安东尼奥有一段时间没有工作，整天在屋子里游荡，脾气变得非常暴躁。有时他会去附近的咖啡馆喝一杯，我通常就跟在他身后，因为有些人看到我饥肠辘辘地四处找吃的，便会扔给我一些奶酪或者咸鱼，或者三明治里剩下的东西，都是咸的。每次我吃了之后都得跑到布朗克斯河去喝点儿水。

有一天，我吃饱了，蜷缩在角落里的热水管道旁，很不高兴。一个长得很粗野的人，看起来昏昏沉沉的样子，说起话来很奇怪，他问安东尼奥要多少钱才能买下我。

他说要一美元。

"她就是个杂种狗而已，"那个男人说，"我出五十美分。"

我沮丧极了——我的主人接过钱，在我的脖子上套了根绳子；接着，我就被牵着，朝和家相反的方向走去。

我徒劳地往后退，尖叫着。那人只是笑了笑，拖着我走得更快了。

他走的路很曲折，但过了一会儿，我们来到一所漂亮整洁的房子前，一位慈祥的妇女为我们开了门。

她是个裁缝，手里拿着女人衣服的袖子。她扫了我一眼，非常高兴，但是当她看到她丈夫身上有路过脏水坑时溅上的泥点时，又变得很难过。

她似乎一直想要一只狗，在她丈夫不在家的时候陪伴她。她

见到我很高兴，把一件旧外套扔在厨房的角落，让我趴在上面，又给了我一根牛骨头让我啃。

我很高兴能吃上一顿好饭，睡上一张安静的床，因为我告诉过你，孩子们睡觉时常常踢我。但是，我在这个新地方并不开心。

我对自己也感到惊讶——虽然这房子比意大利人的家好得多，但我也不是很在意。我想回自己的家。

房子里有一只灰色的猫，长着一双乌黑的眼睛。第二天，我和她聊了起来。

"你很不安，"她说，"因为这里不是你自己的家。狗都太忠心了。你想念孩子们，想念那个男人和他的妻子，虽然从你的样子看，他们对你不是很好。"

当然，我没有对这只猫说过任何我家人的坏话。我知道他们并不完美，但总觉得不该和陌生人谈论自己的家庭。

"你的毛皮又脏又乱，"她说，"你看上去很长时间没有洗过澡了，对吗？"

我犹豫了一下，因为自从我记事以来，就没有洗过澡，除了我可怜的小斑点妈妈在我还是一只小狗的时候用她的舌头给我洗过以外。从那以后，只有下雨和下雪的时候我才能洗一洗。最后我说："我们那里缺水，必须从水泵里打上来。"

"太太很爱干净，"她说，"她可能会先给你洗个澡。"

太太那天确实给我洗了澡。首先，她在厨房地板上铺了很多报纸。然后她在上面放了一个浴盆，里面盛了半桶温水。她命令我进浴盆，我小心翼翼地照做了；然后这个裁缝用一块吸满了碳酸肥皂水的布，把我全身都打湿了。

我必须承认，虽然我也喜欢干干净净的，摆脱掉身上的那些虱子，但洗澡真是一场可怕的考验。当裁缝把毛巾的一端套在她的手指上，戳进我的耳朵里时，我觉得我可能会尖叫起来。人们给狗洗耳朵的时候一定要非常小心。然而，她很温柔，我只是呻吟，没有像我以为的那样嚎叫。最后，她用温度正好的水浇在我身上，这样，我就洗完了。她用毯子把我裹了起来，将我放在厨房的火炉前。有一阵子我觉得很不舒服。我的毛发湿漉漉的，这对我来说是一种折磨，但没过多久，我就开始暖和起来，毛发也干了，我很高兴。

我，一条被人忽视的小狗，干干净净地躺在暖烘烘的火炉旁，心里舒舒服服的，不像往常那样渴望美食，这可能吗？

我舔了舔毯子下面伸出来的一只爪子，这只爪子看上去白得出奇，是那么干净，于是我对自己说："我一定要一直跟这个善良的妇人待在一起。"

唉！但是，就在第二天，一种恶心、可怕的感觉袭上我的心头，我告诉猫我必须逃走。

"你真是个傻瓜，"她生气地说，"你不知道你在这里的日子多舒坦。还有什么比这所安静的房子更好的呢——男主人整天都在外面，一回家就笨手笨脚的，不会给你找麻烦。"

我什么都没说，她继续说道："而且女主人安静地做针线活，按时给我们喂吃的。然后，如果你想散步的话，这儿还有一个不错的后院，周围有篱笆，附近没有其他院子。如果你想走得更远一点，我们还有一个不错的很大的空地，他们把旁边城镇的土都倒在那里。我告诉你，这地方真的很好！"

"我知道,"我说,"但我不是在这里长大的,我想和邻居的狗和孩子们待在一起,我从来就不习惯和猫为伍。"

"你听我一句忠告,"她说,"就是不要太依赖人或者动物。他们会搬走,但漂亮、安静的院子和垃圾堆却永远都在。"

"很抱歉,"我说,"但我得赶紧走了,我心里只想这么做。"

"好吧,离开之前一定要再好好吃一顿,"她轻蔑地说,"女主人正在煮肝和熏肉,肝对狗是很好的美食。"

"谢谢你对我的好意,"我说,"我猜你一定觉得我是只蠢狗。"

"我能为你做的不多,"她说,"我不介意给朋友帮点小忙,如果这不会让我心烦的话。"

我盯着她。曾有几次,我不得不对着陌生的猫叫,这费了我很多力气,因为我非常害怕他们会转过身来朝我吐口水,或者把我的眼睛挖出来,而且我说什么都没用。不能和猫讲道理,他们是非常固执的。

过了一会儿,她问我,骗走我们善良的女主人五十美分,我有什么感想,她说:"因为你告诉过我的,主人为了你花了五十美分。"

"对此我真的很难过,"我答道,"事实上,这件事本身就让我很伤心。"

"我来告诉你哪儿能弄到五毛钱。"她狡猾地说。

"哪儿?"我急切地问。

"唉,昨天晚上男主人出去拿报纸,在口袋里摸了一便士,又摸出一把零钱来。有一块掉在地上。我可以告诉你它在哪里。"

"你为什么不捡起来呢?"我问。

"如果钱对你没有好处，为什么要捡起来自找烦恼呢？"她说，"而且反正都是些脏东西，上面全是细菌。"

"我不嫌弃那些。"我高兴地说。我跑过去拿了那枚五十美分的硬币，放在女主人脚边。她拿起它，看着我，然后拍拍我，拥抱我，这是她以前从未做过的事。

"小家伙，你就是我的安慰，"她说，"我希望你可以永远陪着我。"

我用后腿站着，凭空挥舞着爪子，尖叫起来。我试着告诉她我想留下来，但我无法抗拒我内心深处的东西，它就像一根绳子一样，牵引着我，拉向我的老家。

那天晚上，我伤心地、羞愧地跑掉了。我离我的老家有两英里远，找到它对我来说轻而易举。

我到了家，抓了抓门，那个意大利女人打开门，一看见我就尖叫了一声。孩子们还没有睡着，我从她身边跳过去，和他们一起上了床。

哦，他们看见我是那么高兴！我跳着、尖叫着，舔着他们，他们抚弄着我、拥抱着我，母亲站在我们旁边，看到孩子们这么高兴，她也笑了。

我回家来了，难道不高兴吗！我在他们中间安顿下来，美美地睡了一夜，我想："如今我们会永远幸福下去。"——但是狗永远都不知道什么事情会发生在他们身上。

我做了一个关于我的朋友——那只猫的美梦，在梦里她变成了一只可爱的、懂事的狗。就在这时，我感到有人紧紧地抓着我的脖子，我尖叫了一声，跳了起来。

那个意大利人站在我面前，脸色阴沉得像乌云一样。这个时候他已经找到了工作——一份露天环境的工作，因为意大利人不喜欢在室内工作。他现在是一个火车工人，工资很高，但他不愿意留下我。

他一只手把我从床上拽起来，另一只手握拳打了我。"你，你这只畜生，"他说，"我要把你扔出去，再敢回来，我会开枪打你。"说着，他抓起房间角落里的那支旧枪，朝我晃了晃。"有一次你看到过我射死一只猫，"他接着说道，"如果你回来，我就像那样把你也杀了。听到了吗？"然后他把我踢出了家门。

我没有逃跑。我坐在不远处的一个土堆上，目不转睛地盯着房子。我在那里守了一整晚。我很困惑，很不开心，也很愚蠢。我不知道该怎么办。我知道我再也不能和孩子们生活在一起了，但某种东西束缚着我。

第二天，整个早上我都坐在那里。孩子们不敢和我玩，因为他们的父亲正在屋里睡觉，但他们扔给我一些面包皮。我很渴，但我不敢走近房子，有什么东西让我忽视了口渴，所以我也没有跑到河边去喝水。

黄昏时分，那人从屋里出来，一看见我，就叫我过去。我肚皮贴着地，一寸一寸地爬过去。他从口袋里掏出一根绳子，系在我的脖子上，向铁路走去。

我回头最后看了一眼小屋和孩子们。可怜的孩子们在哭，他们的母亲用双臂抱着他们。

那人让我跟在他后面小跑。他不知道，也不会在乎我是不是越来越口渴得厉害，是不是很痛苦，而且我被吓得差点窒息了——

因为我们正在靠近铁轨，我一生都被噪音吓得要死，尤其是火车的噪声。

我突然生起了一个念头——他可能要把我扔到火车轮子下面去。我吓得快要疯了，猛地从他身边跳开，挣脱他手里的绳子，撒腿就跑，像个失去知觉的动物一样狂奔，而我飞快的四肢却把我带向火车，而不是远离火车。

我感觉到一阵骚动和轰鸣声，然后有什么东西在我背上重重一击，又在我头上打了一拳。我滚了好几圈，有一阵子失去了意识。

我醒过来的时候，那个意大利人向我俯下身来，他的脸充满了恐惧和同情。

"可怜的狗啊！"他说。当我想站起来时，他抱起我，把我夹在他的胳膊下。我发现他正在爬火车。

另一个人朝他咧嘴笑着。"我们一来就给你的狗好好地打了一针镇定剂，"那人说道，"他打滚可够快的。"

意大利人什么也没说。他不是一个坏人，他只是考虑不周。我知道他对我和他的孩子们感到抱歉，但生活艰难，食品价格昂贵，他觉得他们已经养不起我了。他知道孩子们经常把他们的面包分给我，他还知道，有时我被饥饿的老鼠折磨得太厉害时，甚至会偷吃。

我发现他是一列货运火车上的消防队员，这列火车有一个巨大的引擎，不像客运火车上那些电动引擎那么干净。

他把我放在几块煤块上，我呆呆地坐在那里望着他。

不一会儿，火车开动了，虽然我仍然很害怕，但我发现，坐

在火车上并不像看着它开过去那样糟糕。

而我只在上面坐了一会儿，大约过了五分钟，我们在一个车站停了下来。使我大吃一惊的是，他把我抱了起来，把大衣披在我身上，然后跳上了站台。

我觉得自己被什么硬东西卡住了，然后外套被扯了下来，只剩我一个人。他抛弃了我。

我环顾四周。我在一个很高的站台上，两边都是铁轨，而我身后是其他的站台和更多的铁轨。后来我才知道，这是布朗克斯区的一百八十号火车站。那个意大利人把我安排在一间候车室的门口，而且你可以确定，我并不急于离开我的避难处。这只是一个小角落，但我还是平趴了下来，因为即使我想离开，我的四肢也太累太痛，走不动了。

火车每隔几分钟就从这边疾驰而过，然后又从那边疾驶而来。在我看来，噪音和混乱会让我发疯。我确信每列火车都会撞到我，我就是这么愚蠢——那里有铁轨，火车怎么会离开铁轨呢？但我的头仍然因为受到的打击而晕眩，我的狗脑袋一片混乱。我当时疯了。在所有的恐惧和身体的疼痛消失之后，接下来的是思乡之痛。我无处可去。没人知道走丢的狗是多么恐惧，尤其是当那只狗的胆子非常小的时候。我被从家里拽了出来——一个贫穷的家，但对我来说仍然是一个亲爱的家，我被扔到了这个混乱、恐惧和匆忙的世界里。如果我从角落里走出去，那些冲过来的人可能会把我扔到铁轨上，那么我的面前将会是一个看起来很残忍的引擎，它会把我碾成碎片。啊，要是能有人来帮帮我就好了，我盯着那些飞旋而过的漂亮面孔，看了又看。我的眼睛就像车头灯一样大。

为什么没有人在书中读到我的故事呢？

令人惊讶的是，几乎没有人知道这狗是什么时候被丢在这里的。他们甚至不知道她什么时候不开心，即使狗的脸上有表情。那么多善良的男男女女都看了我一眼，甚至有人说："好乖的小狗。"一位戴眼镜的老太太高谈阔论道："狗就是忠诚的象征。看看那个坐在那里等着主人回来的小家伙。"

没头没脑的老太太！我的主人再也不会回来了！啊，我到哪儿去弄点水来呢？我的舌头已经干得发胀，嗓子也干得像块砖头。

我坐在那里过了一小时又一小时，可怕的铁路交通在纽约川流不息地继续着。在多伦多这个相对安静的城市，你根本不知道那里有多热闹。车站的工作人员和售票员都在楼下，而我在车站的高处。最后，两个年轻人在我前面停了下来，其中一个说："这只狗看起来多么沮丧啊！不知道我们能不能帮她一点忙？"

"过来，"另一个人说，"这里是怀特普莱恩斯的火车。"

第一个年轻人走了，回头看了看。他没有足够的兴趣停下来。

第十二章　接踵而来的事情

痛苦的时刻一点点过去，我听到九点、十点、十一点的钟声，一直到十二点。现在没有那么多乘客了。我要在这里待一整夜，一阵凉风吹了起来，我的四肢开始发冷，颤抖起来，我觉得我得躺下来等死了。

然后，似乎有什么不知名的东西涌上心头——我还不愿放弃。于是我鼓起勇气，把自己更紧地贴在墙角上，尽可能地躲开那些可怕的火车，它们像怪物一样向我呼啸而来。我还不能被它们抓到，我四肢发抖，支撑着自己。哦，我为什么不哭嚎、呻吟、哀求或者要一些把戏来引起路人的注意呢？唉！可我不是那种狗。我一向胆小怕事。我是那种自己觅食的狗，不会学着吸引人们的注意。

十二点一刻的时候，我的一只可怜的、筋疲力尽的爪子被自己压麻了。这时，另一列从纽约开来的地铁轰隆隆地开了进来，乘客们跑上台阶，去赶波士顿和韦斯特切斯特的地铁，就停在我最近的轨道上。

最后过来的乘客是两位女士。在她们之前，许多男人从我身边走过，只有这两位女士停下了脚步，站在那里看着我。

她们有说有笑，说要去听一个叫比莉·桑迪的男人布道，结果竟坐错了火车，去了布朗克斯公园，那里的动物都被关在动物园里。

突然，其中一个女士惊呼道："流浪狗！"她弯下腰，盯着我的脸。

"你怎么知道？"另一个问道。

"从她的眼睛里能看出来，"第一位女士继续说道，"她脏兮兮的，无人照管，可能还饿着；大概已经被遗弃了。还有十分钟我们的火车就要开了，我要去和售票处的人谈一谈。"

这位亲爱的女士就是马丁太太，因为她已经把这段经历给她的朋友们讲过很多次了，所以我知道那时她都做了些什么事——她先从她进来的那扇门走到售票处，问坐在那儿的人是否知道平台上那条走失的狗的事。

售票员说他不清楚，但可能是有人从火车上扔下来的。

"那她可能是从街上跑来的吗？"马丁太太问。

"有可能，"那人回答，"但是那样的话她要走上很长的一段路，还要通过这个狭窄的门，我猜她是被遗弃的。"他还补充道："从来没有狗爬上来过。"

"你今晚可以照看她一下吗？"马丁太太问，"或许明天会有人来找她呢。"

他说不行，看起来满不当回事。

"那你觉得这个车站附近有人能照看一下吗？"她接着问。

"不太清楚。"他说，他知道没有人可以来照看。

"那你能给我一根绳子吗？"她问。

那人给了她一根麻绳，她急忙上楼来找我。她向我俯下身来，把手绢系在我的脖子上——那条小手绢现在已不能绕着我这肥胖的脖子了——然后她把绳子系在上面。

几分钟后，火车轰隆隆地开了进来，她拉了拉绳子，但我一动也不动。我怎么会靠近那个可怕的怪物呢？

"除了抱着你以外别无他法了。"她说，随后她把我抱了起来，带我上了火车，让我坐在她的腿上。我背上被车轮撞到的地方有一块黑色污渍，在她的衣服上留下了一块油渍。

现在这些列车不允许带狗上去了，除非用手提袋把宠物装起来，但那天很晚了，车上没什么人，我的新朋友没和列车长说一个字，他也同样只字未提。

我们经过了几个车站后到达了美丽的新罗谢尔小镇。两位女士下了火车，现在我愿意跟在她们后面了，因为我们即将离开可怕的铁路了。我跟在我的新朋友旁边跑下车站的台阶。当我们走到街上时，我感到脚下是真正的草，我高兴地叫了起来。可是我口干舌燥，叫不出声，只能一瘸一拐地走着，心里洋溢着幸福的感觉，因为我知道，一到那位太太家，我就有水喝了。

和我新朋友在一起的那位女士更年轻，脸颊红润，眼睛乌黑。"你打算怎么处理这个流浪的小动物？"她问。

"我想我今晚会把她放在车库里。"马丁太太说。

"别这样，她会觉得很孤独的，带她进屋吧。"

“你的酒店你说了算，”马丁太太说，“如果你愿意的话，我就把她带进去。”

“把她放在我的浴室里，我会照顾她的。”玫瑰色脸颊的女士说道。后来我知道了她的名字，叫帕特里夏·麦克吉尔小姐。

“不用了，谢谢你——你有那么多事情要做，不要再养狗了。”我的朋友说道，“我来照顾这个去听比莉·桑迪布道的路上捡到的小负担吧。”

麦克吉尔小姐很爱开玩笑，她笑着，低头看了看我，说：“欢迎来到新罗谢尔，比莉·桑迪。”

我们一直沿着灯火通明的街道走着，两边都是漂亮的商店。我只是偶尔抬起疲惫的头四处看一看，突然间，街道变得不那么明亮了。我抬头一看，发现商店在我们身后，我们已经走到了一片有着漂亮住宅和花园的地方。我有一种很混乱的感觉，觉得自己住在一个非常大的社区里。其实这并不奇怪，但我是在一个非常贫穷的环境中长大的，在那之前，我所见过的最大的房子是咖啡馆和火车站。不久，我们来到一个角落，那里有三所房子，由宽大的阳台连接在一起。

在那儿，两位善良的女士带着我上了楼，上了石阶，穿过游廊，走进了一扇很大的前门。

“你希望我给这只狗准备点儿什么吗？”麦克吉尔小姐问。

“不用了，谢谢，”马丁太太说，“我知道厨房和食品储藏室都已经关上了，孩子们也上床睡觉了，所以我会好好利用我房间里的东西的。”

这个时候，我几乎要昏倒了。两个朋友互道晚安时，我静静地站着，努力使自己镇定下来。房子里的一切都在转来转去，一切都是红色的。没过多久，一切又都清晰了起来，然后我发现我来到了一个灯火通明的大厅，大厅的楼梯上铺着红色地毯。我——一只可怜的无知的小狗——不知道纽约州的旅馆老板们为了防止火灾，必须让他们的大厅整夜亮着灯。

马丁太太很聪明。她低头看了看我，发现我双脚叉开站着，于是便俯下身来，抱起我肮脏的小身体，艰难地上了楼，因为她自己也很累了。

我闭上了眼睛，她不是那种需要我盯着的人。然后我觉得自己被轻轻地放下来了，一个按钮"啪"地一声打开了灯，我就站在了一个巨大的像可爱的鸟巢一样的房屋中间，空气中闻起来有一股花香。

后来，我甚至听到那些来拜访马丁太太的贵妇人们也纷纷感叹那是个多么漂亮的房间，所以，想象一下，对我这条从垃圾堆里出来的小狗来说，那里是多么漂亮吧！

所有的家具都是粉色、白色的，看起来都非常柔软，但那天晚上我没有把所有的家具都欣赏一遍。我闻到了水的味道，踉踉跄跄地走向桌子，桌上有一大罐冰水。

马丁太太给我倒了一大杯水，放在地板上。我喝了，她又倒了一杯，我又喝完了，然后她说："凡事要有节制，小狗。过几分钟再喝。"

我扑通一声坐在柔软的毛皮地毯上，把鼻子搁在爪子上。

"可怜的小受气包！"她说，"我会给你准备个床的。"

她打开抽屉，拿出了一个又大又软的大披肩。"这是我从加拿大带来的，"她说，"这是我阿姨的，她非常喜欢狗。"

　　我不知道她说的加拿大是什么意思，但是听她说她的阿姨很喜欢狗，我很高兴。当她走到壁橱前，把披肩放在角落里时，我跟跟跄跄地跟在她后面，最后趴了上去。

　　有几件衣服挂在我的头顶上，我觉得自己好像是在一个凉亭里，就像在咖啡馆后面的凉亭里一样。夏天的时候，凉亭四周都是绿叶，男人们常坐在里面喝酒。

　　"高兴了，是吧？"她站在那里俯视着我，用一种愉快的声音说："现在给小家伙的肚子准备点儿吃的吧。"于是她走到一张小桌子前，桌子上有一些闪闪发光的盘子。她又按了一下另外一个按钮，过了一会儿，我听到了热水的嘶嘶声。然后她走到一扇窗户前，打开窗户，拿出了一个瓶子。

　　过了几分钟，我面前摆上了一碗我从来没有吃过的东西，那就是一碗美味的面包和奶油。

　　我摇着尾巴，抖动着嘴巴。这热乎乎的食物的香味使我精神焕发。我半躺在披巾上，把头伸进碗里，大口地吃着。

　　要讲礼貌！我回头看了看马丁夫人，不知道她对我的贪婪是否感到厌恶。但她是一个非常通情达理的女人，她只是笑了笑，当我正想把碗舔干净的时候，她把我轻轻地推回到柔软的披巾上，说："好梦，小家伙。"

第十三章　马丁太太收养了比莉

那天晚上我不必再盯着什么了。我知道躺在铜床上的那个善良的人不会让任何事情伤害我，但我这辈子从来没有做过这么麻烦的梦。梦里我跑过一大片垃圾堆，无论我走到哪里，都有一只可怕的怪物追着我，它有两只大大的红眼睛。我试图躲在土堆里，躲在成堆的锡罐后面，但它从每一个角落飞来，越过每一个障碍，有几次我被梦魇困住，痛苦地大叫。

每次马丁太太会轻轻地跟我说几句话，我就又在我的床上趴下来。直到奶牛场老板从旅馆的后门进来时，我听到牛奶罐的咔嗒声，这才开始真正地进入了无梦的睡眠状态。

我醒来时已是正午，马丁太太坐在窗边做针线活。我为自己感到羞愧，四肢发抖地躺着，因为我还清楚地记得那个噩梦。

她放下手里的活计看着我，说道："可怜的小家伙，你一定是被人追打过！过来，给我讲讲你的身世吧。"

我从壁橱里蹒跚而出，双腿半弯着走着，就好像我是一只很老的狗。

"站起来，比莉·桑迪。"她说，"我不会伤害你的，现在，给我讲讲，你从哪里来？"

我站在她身边，左顾右盼，耳朵耷拉着。我想我是个十足的傻瓜。突然，我看见房间那头还有一只可怜的、肮脏的、狼狈不堪的杂种狗，我吓了一跳，"汪——汪"地叫了两声，就跑回我的壁橱里去了。

她开怀大笑。"可怜的狗狗，你以前从来没见过可转的穿衣镜吗？过来看看你自己。"

我的毛发都竖了起来，绷直了腿，从壁橱里走了出来，准备朝我的对手大吼大叫。我走近玻璃，用口鼻碰了碰它，然后朝玻璃后面看了看。那只狗呢？

"小傻瓜，"玛丽太太说，"那是你自己！显然你是在没有镜子的地方长大的。听听这个。"她在房间角落的桌子上放了些东西。

那是个男人，笑得很可怕，我想。大约有五分钟他都没有停下来。这是一个什么样的女人，这东西看起来和听起来像人类和动物，但却只是块木头。

"哦，你的表情太有意思了，小家伙，"她说，"现在，听听这个。"于是她走到墙边，拿起一件奇怪的东西，像一只号角。

"你想不想来点儿小零食？"

我竖起耳朵听。这是一个微弱的、尖细的声音，但很清晰。看到它，我非常非常惊讶，她放下这个奇怪的东西说："小狗，我想你一定是在一个很穷的家庭里长大的。"

我什么也没说。我仍然感到虚弱和困惑，她又说道："出来呼吸一下新鲜空气。"然后，她拿起一顶帽子和一件外套，走出房间，走下红色的楼梯，来到露台上。

"待在这里等我回来。"她说。我走到草坪上，吃了一些我吃过的最新鲜、最好吃的草叶。

她很快就拿着我的早餐回来了，是一顿很丰盛的早餐！吐司面包皮——而且是不错的奶油吐司面包皮，还有一点点培根。

"只是盘子里的一些剩下的，"她说着，把盘子放在草坪上，"不过还不错。"

我很快就把早餐吃光了。然后，她走到一个给鸟洗澡用的架子旁，把一个漂亮的浅绿色盘子拿下来，给我喝了点儿水。

"现在，"她说，而我站在那儿，崇拜地望着她，感激地摇着尾巴，她接着说道："嘿，走吧，我们去兽医那里。"

我不明白她说的是什么意思，但是这时我已经准备好了随时随地跟着她。我一路小跑着跟在她后面，来到人行道上，那里停着一辆小汽车。我们在布朗克斯的小屋里时，看见一辆汽车从这里飞驰而过，但从未在我们附近停下来。

"上去吧。"她打开车门，给我扶着。

我吓坏了，往后退。它不像火车那样可怕，但我就是不愿意靠近它。

"怎么了小狗，"她说，"难道你现在还不能信任我吗？"

我动弹不得，她只好把我抱起来，放到座位上，然后用胳膊搂着我，渐渐地我开始不害怕了。我们飞速地穿过街道，这里不至于像火车那样糟糕，很宽敞舒适，当我们飞驶时，我还可以向四周看看。

我们乘坐的东西叫出租车，我现在一点儿也不害怕它了。马丁太太跟我开玩笑说，她看见过我犯懒的时候在街角上挥舞着爪子，让出租车司机停下来让我上车。

"明明是出身贫寒的狗，"她说，"现在连穷人都开车了。"

到了兽医那里之后，我跟着她跳下了车。我惊讶得哑口无言。马丁太太向我解释说，住在这里的那个人靠给狗和马看病谋生。房子非常漂亮，比咖啡馆大得多，有一个漂亮整洁的花园，视野里没看到垃圾桶或丑陋的箱子。

我们经过房子来到一个马厩，在那里我们看到一个英俊的男人和一个黑人仆人。

"早上好，医生。"马丁太太说道，"我给你带来了一只杂种狗。请告诉我，她身体是否健康。否则，我们就——"她朝一个壁橱点了点头，我像一片树叶一样颤抖着。我知道她的意思。如果我不是一条健康的狗，他们会杀了我。

他们会怎么做？我躺在地板上，喘着气。我知道死亡意味着从所有烦恼中解脱，但我看到过狗、猫和鸡被杀掉的场景，直到很久以后，我才发现，原来一个人可以毫无愧疚地剥夺其他生命。

医生戳了戳我的肋骨，检查了我的牙齿，并把我的毛捋开看了看。然后他说："这是只健康的狗，有四分之三的血统是顺毛猎狐犬，年龄大概三岁左右，有几只跳蚤，皮毛粗糙，因为没人打理过，皮肤不太脏，最近应该刚洗过——另外最近被汽车或火车擦过，能从屁股上的黑色泥灰判断出来。"

"你能让你家那小子再给她洗一次吗？"马丁太太问。

"当然，"医生回答道，"吉姆，带这只狗去浴室。"

是专门给狗准备的浴室！一想到意大利人常用的喷头，我几乎一阵眩晕。我都有浴室，而穷人却没有，这合理吗？虽然我没受过什么教育，但我早就知道，狗比男人和女人的数量都要少得多。事实上，没人教过我们布朗克斯区的狗还要为自己着想。

这是我这只三岁的狗这辈子第二次洗澡，离第一次不到一个星期；这一次几乎是一种享受，尽管这个有色人种的孩子有一双像大锤一样又大又重的手，但他受过专门训练，手法娴熟、认真。

当他小心翼翼地用沾满肥皂水的手抚摸我时，附近的小隔间里，许多狗尖叫着、跳着，嫉妒得狂吠。

"你们这些家伙不要再叫了，"他说，"不然吉姆就要过来打你们了。"

那些狗一听，叫得更厉害了，结果我发现吉姆对他们非常宽容。

我被放进一个热箱子里晒干，然后马丁太太给了吉姆二十五美分，给了医生五十美分，我们就上街溜达去了。

哦，皮肤干干净净的感觉真是太舒服了！我想蹦跶一下，但没怎么成功，因为昨天车轮给我的重击仍然使我浑身僵硬。

我们穿过大街回到旅馆，那天我很爱看街上的人和商店的橱窗。比起大城市，狗狗们更喜欢快乐、美丽的小镇。当我去纽约待了几天，不得不戴着口罩时，我觉得自己快要死了，不过那是另一个故事了。

使我高兴得说不出话来的是，马丁太太走进一家马具店，要看一看项圈。

"要什么颜色的？"店主问。

"造物主给了她黄白相间的皮毛，"马丁太太说，"正是选票的颜色。就给我黄白相间的吧，谢谢。"

在布朗克斯，我曾多少次羡慕那些高傲而富有的狗儿，他们戴着漂亮的项圈，挂着许多东西，从我们的小屋里小跑而过！没错，戴着项圈的我很不舒服，但那又有什么关系呢？我"穿得帅极了"，就像安吉丽娜看到她的朋友穿着蓝色或者绿色的新裙子时常说的那样。啊，要是她和孩子们现在能来看看我就好了！

我抬起头，昂首阔步，走在大街上时，竖起耳朵，因为路过的女士和孩子们的议论常常让我感到心满意足，他们说："多时髦的狗啊！多么漂亮的动物！多么干净的小猎狐犬！"

当我们回到旅馆时，坐在阳台上织毛线的女士们喊道："为什么，马丁太太——你从哪儿弄到那条狗的？"

她笑着告诉了他们前一天晚上的事，一位亲爱的老太太听她讲完后说："我相信我的孙子们会想养它的。"

我的耳朵耷拉下来，像只西班牙猎犬，紧紧地贴着马丁太太的衣服。在我所爱的孩子们的手中，我承受了太多的痛苦。我怎么能让自己还要被我不爱的孩子伤害呢？

马丁太太听见我呻吟，同情地看了我一眼，但没说什么。

接下来的几天，我全力以赴地取悦她！我吃东西时有教养，不贪吃。只要她一走出房间，我连我最爱吃的大牛肉骨头都抛在

一边，也要跟着她。如果我们出去散步，我会紧紧地跟在她的后面，不和遇到的任何一只狗说话。如果她把我放在她的房间里，说她要去看她生病的妹妹，我就摇着尾巴，尽量装出高兴的样子。

她找到我的第二天，我得知马丁太太自己的家其实在很远的地方，她到新罗谢尔来是为了陪伴住在这里的妹妹，她的妹妹病得很重。

在我急于取悦她的时候，我的脸变得很悲伤，就像我在旋转穿衣镜里看到的那样。我希望她成为我的新主人，因为我已经完全放弃了跑上几英里路回到布朗克斯的想法，而且我知道，安东尼奥会说到做到的，他会开枪打我的。

马丁太太起初没说什么使我安心的话，但有时她把我抱在膝上摇着。这看上去不像是要把我送人。有一天，我冒险呜咽了一声，把一只爪子放在她的胳膊上。

"没关系的，比莉，"她说，"我明白了，你不会离开我的。"

我从她的腿上跳下来，非常冷静地在房间里跑上一圈又一圈，试图躲避着家具，但始终在跑。

她开心地笑了："有些人说狗听不懂人们的话。现在，记住，比莉，你要做我自己真正的狗，不逃跑，不做淘气的事，只要你活着，我就给你一个家。你能保证吗？"

"哦，好的，好的！"我高兴地大声叫着，每次我一张嘴，我就用前腿站起来。

我径直走到她面前。我觉得自己很卑微。想一想，这位又高又壮的贵妇人，她说她会尽力去弄明白一条可怜的小杂种狗想对她说的话！我从来没有忘记我心爱的新女主人的那句话，我真希望世界上有更多的人会努力去听懂狗的语言。

"现在我们去散步吧，"她说，"我必须做点什么来搞定这笔交易，因为市政当局对狗很挑剔，我可能还得待上很长一段时间。"

而我只是冲下楼梯，冲到街上；我们径直去了红砖砌成的小市政厅，马丁太太询问了一下证件大厅。她付给一个人一美元，得到了一个小标签，系在了我的项圈上。如果你现在去新罗谢尔市政厅，你还能在一本大书里看到："比莉·桑迪，猎狐犬，1917年，N. R. D. T. L. 442。"

当我们出来的时候，我雀跃不止。我们回到旅馆时，又遇到了那位亲爱的老太太，她希望把我送给她的孙子孙女们，我绕着她跑了一圈。

"孩子们今天要来看看这只狗。"她说。

"可以去兽医那里看看，那里有不错的小狗。"我的新主人回答道，"我要收养比莉。"

老太太看起来非常吃惊："但是她对你来说可是非常麻烦的。"

"哦，不是的，"马丁太太欢快地说，"除了每天去医院看一次妹妹以外，我在这里无事可做；养狗还能让我锻炼一下，对我有好处。"

老太太低头看着我，大叫道："我相信这个小家伙一定能听懂你在说什么。"

"哦，詹姆斯太太，"我亲爱的新女主人说道，"你能这么想真是太好了！狗、猫、鸟和所有的动物都有自己的语言，他们向我们哭诉，恳求我们倾听他们的言语，同情他们，但我们是又盲

又聋的，甚至都没有试着去理解。"

"这个我可以理解，"詹姆斯太太坦率地说，"你管那条狗叫比莉·桑迪，而她应该是马·桑迪才对。"

马丁太太很喜欢讲笑话，她突然大笑起来："我传话给那位著名的传道者，说我用他的名字给一条狗起了名字，但我想他并没有同意，因为我没有收到任何回信，所以我打算把她的名字改成比莉·圣代。"

"这个听起来更可爱，"老太太说道，"但我没有贬低那位牧师的意思。我猜你最终会把你的狗带到加拿大去，让她唱《天佑吾王》。"

"如果她想唱《星条旗永不落》也行，"马丁太太说，"我们加拿大人一直是你们美国人的好朋友，自从我们并肩为世界自由而战以来，我觉得我们就像兄弟姐妹一样。"

老太太不住地点了很多次头，说："没错，你说得很对。"——好了，两只鸟儿，我累了，我要去睡一会儿了。

比莉的故事戛然而止，她趴在壁炉前的地毯上，把她的鼻子放在她的爪子上。

"你能不能告诉我们马丁太太的妹妹突然去世的事，还有你和她那两个孩子塞米·山姆和露丝·卢到这儿来的故事？"我问道。

"改天吧。"她困倦地说。

"我希望沙米还有斯洛克姆堡和可爱的美国士兵能听听那些故事。"

　　她不再理我，于是沙米说："谢谢你，比莉。我喜欢听你讲你的冒险经历。流浪的狗和流浪的鸟儿们一样，都有一段非常难熬的时光，现在我必须得走了。天很快就要黑了。谢谢你让我度过了一段愉快的时光，迪基·迪克。"说着，他飞出了窗子，回到那个墙上的洞里去了。

第十四章　我和比莉的一次谈话

马丁夫人有许多工作要为士兵们做。这个可爱的女人从不对去医院感到厌倦，就在比莉给我和沙米讲述她的故事的第二天，我们的女主人很早就离开了家。

我感到孤独，于是我对蜷缩在沙发上的比莉喊道："你肯定是我见过的最贪睡的狗。"

比莉对我眨了眨眼："我是有史以来最累的狗。在我看来，我永远也无法弥补我生命最初阶段所缺少的睡眠，那时孩子们的脚总是在床上动来动去，制造地震。而且你记得的，马丁太太带我散步了很长时间。"

"你自己还溜达了很长时间，"我怀疑地说，"我相信你今天在后院没少在后院刨土吧。"

比莉重重地叹了一口气："忽视会让一只狗变成不听话的小狗的，迪基·迪克。"

"我们的玛丽给你准备了一大堆中午吃的，比莉，"我继续道，

"你就像街角那个叫汤米的男孩。他只有一半时间关心他的母亲，沙米说这是因为他小时候太任性了。"

"我知道我不能在邻居的院子里吃东西，"比莉说，"但是我能怎么办呢？我的爪子隐隐作痛——是他们把我带到我也不想去的地方。"

"但是叫你的时候你为什么不回家呢？那天我在屋顶上，听见马丁太太吹口哨叫你，而你就待在那儿，在垃圾桶里翻东西。你为什么不在乎她了？"

"我不知道……"她说。

"你听到她叫你了，不是吗？"

"哦，是，听得很清楚。我从来都不聋。"

"这真是个谜，"我说，"我知道你会有点淘，但我不知道你会这么淘。你知道你回来后马丁太太会好好地拍你几下，而你却假装很喜欢她。"

"我就是很爱她，"比莉连忙说道，"如果她愿意，她可以打我一整天。"

"她不愿意那么做，"我说，"你知道的，她不愿意弄疼你。"

比莉弯了弯嘴唇，狗儿们就是这样微笑的。"你不明白，迪基·迪克。你在优渥的环境下长大，没有什么令你介怀的烦恼；而且，不管怎么说，学乖这件事对一只鸟来说可比一只狗简单多了。"

"简单！"我大叫道，"难道我不想违抗命令吗？我疯了一样地想去隔壁看看那只关在小笼子里的小金丝雀黛西，但是我们的玛丽和马丁太太警告我要提防屋里那只奸诈的猫。"

"所以，你也有烦恼。"比莉说。

"是的，我有——而且我的麻烦比你糟糕多了——孤独是可怕的。"

"孤独？在这样一个漂亮、热闹的房子里？有这么多动物和人围绕着你，还有楼上那间漂亮的鸟舍可以任意进出！迪基·迪克，你真是忘恩负义。"

"你不了解鸟舍。"我说，"我对那里已经断了念想。我在那里得不到稳定的生活。鸟儿们对我起了疑心，不让任何一只小鸟和我玩。我在鸟类社会里一无是处。"

"你有沙米。"

"一只流浪街头的麻雀——他很好，但他只打开了我天性的一面。我是一只很有教养的鸟，我们家族的文明有 350 年的历史。"

"我不知道你的家族历史有这么悠久。"比莉说。

"事实上就是如此——我们是加那利群岛和马德拉群岛野生鸟类的后裔，但是金丝雀和犹太人一样，遍布世界各地，成为了许多国家的一部分。我不是在吹牛，比莉。我只是陈述一个事实。"

"好吧，"比莉说，又回到我刚才说的话，"我做梦也没想到你会感到孤独。你为什么不就此给我们的玛丽，或者她的妈妈唱一首歌，说一下这事呢？他们会从市区给你找另一只鸟陪你玩的。"

"我想和黛西一起玩，而且今天早上我们的好小姐坐着做针线活的时候，我不是在她身边坐了一个小时，把喉咙鼓得满满的，唱了关于黛西的事儿给她吗。"

"那小姐怎么说？"

"好了，迪基·迪克——我很清楚你的小笼子是多么孤独，春天就要来了，我也知道你多么想要一个玩伴。你只要等到下个月，等我领到我的零用钱，我就想办法把黛西给你买下来，因为我想她在那个寄宿处也被人冷落了。"

"那你现在还在尖叫什么？"比莉问。

"没什么——我只是想让你知道，鸟儿和狗一样，也有烦恼，也要忍受一些事情。"

"每个人都有烦恼，"比莉说，"亲爱的马丁先生有点烦恼。当他的妻子不在房间里时，他总是叹气，双眼里充满了苦恼迪基·迪克，我要再睡一会儿了。"

"哦，不要啊，比莉，"我说，"不要睡，再跟我聊一会儿吧。你不想听一个关于我们玛丽的一个朋友的金丝雀的故事吗？它会说话，而且说得很好，比如'宝贝！宝贝！'"

比莉完全清醒了。"胡说！"她严厉地说，"金丝雀不会说话。"

"比莉，亲爱的，"我温和地说，因为我怕惹她发脾气，她有时是很急躁的，"你过着非常安静的生活，你只从纽约到多伦多旅行过。你怎么知道关于金丝雀的一切？"

"我以前在咖啡馆里认识一只金丝雀。"比莉刻薄地说，"一只头上长着结的绿色的小个子。不过没多久他就死了，男人们烟斗里的烟把他熏死了。"

"那你还认识别的吗？"

"认识，街角的杂货店老板有一只黄色的，但他从不说话。我指的是人类能够理解的真正的谈话。当然，我们动物有自己的语言，而人类根本不懂。事实上，我们可以在他们面前说话，而

他们却听不明白。"

"所以你一生认识的只有这两只金丝雀，"我说，"你却给他们下了定义。你知道苏格兰的花式金丝雀有扁蛇头和半圆形的身体吗？还有英国的大金丝雀，尤其是曼彻斯特的卡比？"

"那都是些什么？"比莉问，"听起来像警察。"

"好吧，卡比就是金丝雀中的警察，因为他们身材巨大，通常有八英尺长，毛色喜人，最威风的就是脑袋。玛丽说，卡比鸟生来就长着冠或者纺纱似的冠毛。还有比利时金丝雀，都长着尖角。他们是非常敏感的鸟，他们的主人不会去碰他们；只有想让他从一个笼子走到另一个笼子时，才会用小棍子去碰他们。"

"你是英国血统的后裔，对吗？"比莉问。

"英美混血。英国人饲养的品种都是长得好看、毛色漂亮的。"

比莉开始窃笑起来。

我本来是要生她的气的，然后我想："那又有什么用呢？"所以我很高兴地说："我知道从这方面看我不太像有英国血统的鸟，我更像一只德国金丝雀。如果鸟儿的歌声动听的话，德国人才不在乎他们长得怎么样。"

"有法国金丝雀吗？"比莉问。

"哦，有，是一种非常漂亮的小鸟，胸前和两侧都有羽毛——现在，比莉，我没有时间告诉你所有其他种类的金丝雀。我们回到我要说的事上来。我的父亲见过几百只金丝雀，因为在我们的玛丽得到他之前，他是一只观赏鸟。他说，如果驯养员对幼鸟有耐心的话，他们可以教他们学会说一些话。在你自己假想的美国，就有一只会说话的金丝雀。"

"在哪？"比莉问。

"在波士顿。一位女士养了一只金丝雀，她非常喜欢他。她在织毛衣的时候，他常常轻轻落在她头上，揪她的头发。"

"他为什么做那种蠢事？"比莉问道。

"他希望她陪他一起玩。她摇着编织针对他说，'高飞吧，托比，高飞吧。'

"令她吃惊的是，有一天，这只鸟重复了她的话：'高飞吧，托比，高飞吧。'她立刻开始训练其他的幼鸟，教他们一些简短的句子，她过得很好，但这需要很大的耐心。所以你看，如果人类花更多的时间来教导我们，我们会变得更聪明。"

比莉看起来很害怕。"不要说太多关于训练鸟类和动物的事，迪基·迪克。这让我不寒而栗，你知道在公共场合出现的动物会受到多么可怕的对待。"

"我知道，"我说，"我从沙米那里听到过令人震惊的故事，是市区里的鸽子告诉他的。"

"曾经，"比莉说，"我遇见过一条奇怪的狗在垃圾堆里找食物。你从来没有见过那么衣衫褴褛的家伙，他连自己的影子都害怕。他告诉我，他是从那个'天才小猎犬'巡回剧团逃出来的。他说他的生活简直糟透了。一个大块头常常拿着鞭子站在他旁边，让他爬上梯子，举起爪子，做一些愚蠢的事情，而这些事情是任何一条有自尊心的狗都不应该做的。"

"比莉，"我说，"我确实知道这些事情，他们对我的影响很大，我经常为此做噩梦。我不敢告诉你他们有时对你在舞台上看到的正在表演的小鸟所做的可怕的事情。饥饿是他们所有招数里

最不可怕的一招。"

"一般人类都是那么理智的，为什么会允许这种邪恶出现？"比莉伤感地问道。

"哦，我不知道，也不明白。"我说，"一想到温柔的小鸟们和漂亮的狗、猫、猴子以及其他动物就令我心碎。他们被装在又闷又挤的箱子里，匆忙地从一个城市游荡到另一个城市，在舞台上被鞭打，被迫鞠躬敬礼，表演那些愚蠢的动作，而台下坐满了拍手叫好的观众们，那些人根本不知道自己在做什么。如果他们知道——如果那些善良的大众知道那些穿着长尾大衣、油头粉面的家伙在幕后对他们的动物都做了些什么的话，那么当动物一上场表演，他们就会全体起立，愤然离场。"

"这是让那些家伙破产的最好办法。"比莉连忙接道，"没有一个人光顾他们的演出的话，他们就会被迫换一种老实的方式谋生——沙米在窗边，是不是发生了什么事。"

我们俩都看向那个站在开着的窗户旁边的小家伙。

"新闻！新闻！"沙米说着，拍打着他黑色的小翅膀，"新来的邻居——一个男孩，一个女孩，还有他们的父母，住在黄色的公寓里了。"

"有些金丝雀害怕陌生的孩子，"我说，"因为他们总是凑得很近，还会用手指戳鸟儿们，不过我总能躲开他们。"

"我喜欢孩子们，"沙米说，"因为只要他们有吃的，总会给我扔一些吃。"

"这附近几乎没几个孩子。"我说。

"是的，因为这里没有几家私人住户。快出来看看他们，迪基。"

"如果你不介意，"我对比莉说道，"我们改天再讨论动物表演这个话题。"

比莉嘴里嘟囔着什么。现在是我被叫走，而她要我留下来了。

"你也出来看看，亲爱的比莉，"我说，"如果你不愿意，我会留下来陪你。"

比莉站起来，慢悠悠地走出房间，走到楼下的人行道上，她坐在黑色的雪堆上晒太阳。我们这里的天气已经转暖了，雪渐渐融化，已经变了颜色。

第十五章　隔壁的孩子们

我和沙米一起飞向我们最喜欢的榆树，落下后，我们坐在自己的脚背上，这样比较暖和。我们的眼睛则盯着寄宿处——前门停着一辆出租汽车，两个孩子在铺着碎石的车道上跑来跑去，好像很高兴能活动活动腿脚似的。

"他们的父母已经进屋去了，"沙米说，"他们正在挑选房间。我能看见他们从一个窗口走到另一个窗口，不知道这些孩子们会不会把他们正在吃的种子饼扔给我一点。"

"他们一点也不知道我们正盯着他们。"我说。

沙米呸了呸嘴，发出一阵鸟儿的笑声："当我坐在这里听在街上走来走去的人们说话时，经常这样想。我告诉你一个我知道的秘密怎么样！我知道一个糟糕的故事，是关于红房子里那个黑发女人的。"

"我不太想听，沙米。"我说，"我不喜欢八卦故事。"

"你真是只有趣的鸟儿，"他说，斜着他那双好奇、疲倦但却很明亮的眼睛瞟了我一眼。

突然，我有一种想唱歌的冲动。"春天来了，春天来了。"我从头到尾唱了一遍，然后开始唱我最近唱的那首歌，那是之前一只白喉麻雀教我唱的——"我——爱——亲爱的——加拿大——加拿大——加拿大。"

孩子们非常惊讶，他们跑到树下，抬头盯着我。

"那是只麻雀吗？"小男孩儿问道，他长得挺拔清瘦，非常英俊。

那姑娘个子高大，身材壮实，长着一头金发和一双蓝眼睛，她突然哈哈大笑起来："哦，弗雷迪，谁听过麻雀唱歌啊！那是一只野生的金丝雀。真希望我们能抓住它！我要去看看公寓里有没有笼子。"说着，她跑开了。

她的哥哥安静地来到树下。"漂亮的小鸟，"他轻轻地说，"下来吃点我的蛋糕吧。"说着，他把一大块蛋糕扔到地上。

"飞下去，沙米。"我说，"去吃吧。那个小女孩把我当成一只野鸟，真是个笑话！"

"很多成年人都会犯和她一样的错，"沙米说，"他们说看到了野生金丝雀，而我们在加拿大从来都没有见过。他们指的是夏季的黄莺或金翅雀。好了，我要去吃蛋糕了。"

男孩站着一动不动，看着他吃，所以我知道他是个好孩子。

不一会儿，他的妹妹从屋里急匆匆地跑了出来，一只手里拿着一个破旧的笼子，另一只手里紧紧地抓着什么东西。

"厨师给了我一些东西，说一定能抓住这个小家伙，"她朝她哥哥大喊道，"只要我能靠近他，把这个放到他的尾巴上就好了。"

"什么东西？"小男孩问。

"上好的白色精盐。她说在他尾巴上轻轻一捏就会使他变得像猫一样温顺。退后，弗雷迪，我把笼子放到这棵树的低枝上，这里面有一些面包屑。"

看到这两个小家伙站在车道后面等着我进笼子，真有趣。

沙米几乎要笑死了。"淘气的厨子竟然对这些天真的家伙们讲了那个老笑话！"

"你敢让我进去，让他们在我的尾巴上撒盐吗？"我问。

沙米很吃惊，"你永远不会那么做的，对吗？"

"为什么不呢？我从来没见过一个能把我关住的笼子呢。我这么瘦小，什么缝隙都能滑过去，而且你知道我飞得多快的。"

"那就去吧，"沙米说，"我赌你不敢，但是千万小心不要抓住了。"

我在孩子们的头上转了两三圈，他们目瞪口呆地盯着我，然后我冲进开着的门，假装在吃面包屑——我非常不喜欢吃这些东西。

小女孩高兴得大叫起来，声音大得足以吓住我们刚才看到的那群往北飞的大雁。她跑到树枝上，把笼子拿下来，把她胖乎乎的小手伸进门里，迫不及待地往我尾巴上撒了一大把潮湿的盐。

我低着头，不让盐进嘴里，又抬头看了一眼沙米，他正坐在他的树枝上，笑得前仰后合。附近的几只麻雀现在也和他一起，目不转睛地盯着。"慢性子"站在屋顶上，也就是那只神气十足的老鸽子，正从边上探出头来望着我，那神情是我在小鸟的脸上所见过的最有趣的表情。

我觉得很有趣，假装在我的新家很高兴。我站在栖木上，眼睛一眨一眨地望着小女孩。

孩子们就是非常机灵的小动物。她的蓝眼睛和我深深对望着，说了一些年纪大的人绝不会想说的话："弗雷迪，这只小鸟看起来好像正在对我笑呢。"

她哥哥久久地注视着我，一脸困惑地说："当然——他是在笑。他在笑什么呢？"

"他在计划飞走。"她速度惊人地反应过来了，"我们快把他带进房子里。"

这可不符合我的计划，我不想再和布莱克·托马斯认识了，所以我立刻从笼子的栅栏间飞了出去，落在附近的一棵灌木上，给孩子们唱了一首我最拿手的歌。

他们都很高兴。老托马斯一直在某个洞里或角落里观看整个演出，这时他从前门台阶上走出来，"喵！喵！"地叫了很多声。

孩子们当然不懂他的话，但我懂。他对我说："你认为你很聪明，敢来我的地盘上捉弄我家的孩子们，是吗？你等着，总有一天我会抓到你的。"

这时，一直在雪堆上焦虑不安的比莉走了过来。"布莱克·托马斯，如果你敢碰这只小鸟，哪怕是吓他一下，我都会把你掐死。"

托马斯做了个鬼脸，开始朝她吐口水。我叫道："你活该，你这个老杀人犯！我们都会出席你的葬礼的。你身后那是什么？"

他回头看了看，然后就跑开了。那是白尾约翰尼的尸体，他

是沙米的好朋友之一。他已经病了一段时间了，可能是托马斯在他闷闷不乐地坐着的时候扑到他身上杀了他。

沙米惊慌地叫了一声，奔向台阶。这引起了孩子们的注意，他们一看到这只死鸟，就叫道："哦，可怜的小鸟，可怜的家伙——我们把他埋了吧！"

"我要进屋去，从箱子里拿出几件庄重的衣服来。"名叫碧翠丝的小女孩说。

"我来做牧师，我去借一本书。"男孩说。

就在这个时候，山姆和露丝走到街上，手里拿着书包。

他们明亮的眼睛很快就看到了新邻居，他们互相认识很有意思——

他们绕着彼此走了一圈，互相盯着对方看，最后终于开口说话了。不久，两个新来的陌生人就把死去的麻雀拿出来展示，还说他们要举行一个葬礼。

"怎么回事，这不是阿尔维诺（白化病）吗？"塞米·山姆说。

我必须解释一下，孩子们不知道我们称呼彼此时用的名字。我们没办法告诉他们那只白尾鸟叫约翰尼。

"整个冬天我们都在院子里的鸟食桌上喂他，"露丝·卢说，"姨妈知道他死了的话一定会很伤心的。"

"你不必费心埋葬他，"塞米·山姆对陌生的人们说，"他是我们的鸟，我们会给他挖个坟墓的。"

年幼的碧翠丝粗暴地从山姆手中夺走了麻雀的尸体。"他是我们的，"她说，"是我们发现他的。我要给他穿上我最好的娃娃的衣服，在音乐和悼词声中埋葬他。"

山姆和露丝看起来很生气，但他们什么也没说。他们优秀的姨妈已经训练他们好几个星期了，姨妈一遍又一遍地告诉他们，孩子们必须有善良的心和良好的举止，否则他们永远都不会在这个世界上取得成功的。

碧翠丝跑进屋的时候，弗雷迪指着我和沙米坐着的那棵榆树，说道："我们还抓住了树上那只野生的金丝雀，关进了笼子里，不过他又逃跑了。"

我家的孩子们抬头望着我们，惊愕地一齐叫道："你们抓的是我们的迪基·迪克！"

"对，就用那个笼子。"他指了指那个老旧的笼子。

山姆的表情很愤怒，扔下了书包，他开始扯他那件漂亮的小外套。他是个打架的好手，打败了附近所有和他差不多大的男孩。

露丝·卢拽了拽他的袖子，说："他从来没有抓住过迪基·迪克。他是一个骗子。"

这话安慰了山姆，他又捡起了他的包。

"我想我们可以回家了，不用等葬礼了，"他说，"但我警告你，你不要动我们的鸟。如果有哪个男孩在这条街上伤害小鸟，我会立马揍他一顿，马上！"他昂首阔步地走开了，就像一只小孔雀，露丝·卢跟在他后面小跑，还回头瞥了身后的家伙一眼。

弗雷迪一脸疑惑，他被误解了。然而，当他的妹妹拿着一些花边碎布、一本小黑书和一个人造花环出来的时候，他的脸色又晴朗起来。

她好像是管理者，用一种专横的口气对她哥哥说："我把我刚

好想到的所有东西都拿过来了。现在，帮我给这只鸟穿衣——哦不，你还是去挖坟墓吧——我们得快点，现在是我们的下午茶时间，到后门去拿铲子。"

弗雷迪照她的吩咐做了。他觉得冻土太硬，用他的小煤铲铲不动，就在草坪上的大雪堆里挖了一个相当大的坟墓。

"现在，拿着书，"他妹妹说道，"念悼词吧，我不能念，因为我是个女孩。"

"如果可能的话，她估摸会掌管整个城市，"沙米贴着我的耳朵说道，"她真是个可怕的家伙，不是吗？"

那个男孩被他妹妹咕哝着纠正了许多次，然后她又说："赞歌我们就唱《炊烟不灭》。"

弗雷迪看起来很吃惊："那是给士兵们唱的，"他说，"不是在葬礼上唱的。"

"我们就唱《炊烟不灭》。"她重复道。

"我们应该唱《在漆黑的地下永眠》。"他坚持。

结果他妹妹突然大发脾气，扇了他一耳光，把花扔向他，然后跑进了房子。

"真棒！"沙米说，"不管怎么样，这个男孩还是有点儿硬气的。"

他独自继续下去，念完了悼词，唱了一首糟糕的短歌。他唱得如此的悲伤又可怕，所有聚过来的约翰尼的麻雀亲戚听了，都吓得发抖；然后他轻轻地把约翰尼放在雪堆上挖出的洞里，掩埋好，还在他的小坟前放一块木瓦，在顶上放了些人造玫瑰，就进屋去了。

"好吧，"沙米说，"最后也没按照她的方式来。"

"等一下，"我说，"她过来了。我发现小女孩们最后往往都一定会打败男孩子们。"

她就在那儿，那个滑稽的小东西，从后门溜出了房子。她蹑手蹑脚地走到坟墓前，抓起弗雷迪忘记归还的铁锹，把可怜的约翰尼挖了出来，脱下了她的玩具衣服，把他可怜的小尸体扔到雪地上，然后跑进了房子。

"好吧，我发誓，"沙米说，"我希望她得到惩罚。"

"等一下，"我说，"看，我们家的孩子们过来了。他们应该也一直在看着。"

塞米·山姆和露丝·卢像两匹小马一样从我们的院子里飞奔而出。他们抓起约翰尼的尸体，带着他冲向他们的姨妈。我匆匆跟沙米说了再见，飞进了窗户。

马丁太太听完了整个故事。看到她听着孩子们说话时的表情，那真是太可爱了。她拿了一个小铁盒，用一块漂亮的白布把约翰尼包起来，告诉孩子们，盒子的盖子将会焊起来，还会叫人在花园的角落里好好挖一个坟给他，她把那个角落用作宠物们的墓地。

"你们会和寄宿处的孩子们成为朋友的，我亲爱的孩子们，"她说，"告诉他们你们对鸟类的了解，因为他们显然知道得不多。"

第十六章　旧谷仓的故事

今天午饭过后，马丁太太领着比莉去广场上走了一圈，然后把她领进屋来，对她说："我要去参加一个编织派对，不能带狗去。我五点钟回家之后再陪你散散步。"

比莉慢吞吞地摇了摇尾巴，又温柔地、深情地看了马丁太太一眼，仿佛在说："没关系，我明白。如果这是你举办的派对，你肯定会带着我的。"

马丁太太把一把扶手椅拉到窗前，在上面放了一个垫子。"跳到这上面来，比莉，"她说，"你可以看看外面，自娱自乐。"随后拍了拍她，亲了我一下，因为她知道宠物之间是会互相嫉妒的，然后就离开了。

我飞到比莉的椅子扶手上，坐在阳光下整理我的羽毛。

过了一会儿，比莉不满地说："从这扇窗子望出去，除了院子和那座旧谷仓外，什么也看不见。"

"那个旧谷仓充满了故事，"我说，"而且都非常有趣。"

"有什么有趣的？"

"首先，许多鸟在那里筑巢，其次，许多动物被关在那里。"

"我从来没看见里面有什么东西。"她说。

我笑了。"比莉，除了狗儿们生来便具有的寻踪觅迹本领以外，你真算不上一个敏锐的观察者。你现在再往外看，就能看到苏珊嘴里还衔着一小块松软的干草飞进去了，那是用来放在窝的底部的。"

"谁是苏珊？"比莉问。

"你不记得沙米跟你说过的苏珊了吗？就是那个'慢性子'的伴侣，也是一只流浪街头的鸽子。他们正在照看两个鸽蛋，白天'慢性子'看着，晚上苏珊看着。"

"我知道公鸽子会帮助他们的配偶，"比莉说，"在纽约的时候我常常看到他们这么做。"

"他们五点的时候换班，然后'慢性子'就去独享一个人的夜晚。如果苏珊不准时，就算只差一点，他都会冲她大喊大叫，还会狠狠地啄她一顿。而苏珊通常对'慢性子'很有耐心，但是有一天，我看见她真的生气了，用翅膀狠狠地打了他一拳。你知道，鸽子是那样打架的。"

"我看见过他们打架，"比莉说，"他们先互相蹭蹭身子，鞠一躬，然后站起来狠狠地给对方一拳。"

"你想不想听谷仓着火的故事？"我问。

"只要你愿意讲。今天下午我觉得很闷，想找点什么来解闷。我觉得我午餐吃了太多牛肚。当玛丽转过身去的时候，我从盘子里偷了一小块肉。"

"太过分了比莉，你真是只贪心的狗！"我说。

"对，真的很糟糕，"她昂着头说道，"但是相信我，迪基，我无法控制自己。我早年偷了那么多东西，现在很难改掉这个坏毛病——请继续讲你的故事吧。"

"好的，你知道的，苏珊和'慢性子'是终身伴侣，因为鸽子很少换伴侣。他们在一起很快乐，时不时的争吵才能让日子不那么平淡乏味。如果食物充足的话，鸽子一年到头都能趴在窝里，你知道的，对吧？"

"哦，是的，迪基，我知道。我想他们会厌倦养家糊口的，但布鲁克斯的鸽子只有在换羽期才会那么做。"

"那么现在我要给你讲的这个红孩儿，"我继续说道，"是他们两年前的七月生的鸽子之一。是沙米告诉我这个故事的，毕竟当时我还没有出生。他说红孩儿是一只很好的鸟，但他找了一只有一半扇尾鸽血统的鸽子做伴侣，叫缇普妥——从她矫揉造作的步伐中就能看出来她是只轻浮的鸽子。你可能知道的，比莉，纯种的鸽子和流浪街头的鸽子杂交出来的后代，会失去所有优美的曲线，直接回到他们共同的祖先蓝岩鸽子的特征上。"

"是的，我了解，"比莉说，"但是，如果他们有保留下任何一点优美的特征的话，他们就会非常自豪。"

"没错，"我说，"你可以想象，缇普妥在可怜的苏珊面前是如何地游手好闲，装腔作势的。苏珊相貌平平，除了结实的老背上那一半荷马的条纹外，她身上已经没有一点蓝色血统的特征了。后来，到了红孩儿和缇普妥筑巢的时候，红孩儿想在他爸爸妈妈家的附近安家。

"'慢性子'跟他打了起来，想把他赶走。当他的小雏鸽从刚出生到长成会吱吱叫的小雏鸟时，他是一个模范父亲；但当他们长大后，他自然地认为他们应该到外面的世界去，以便能自在地再抚养下一窝小雏鸽。"

"我想可能是他妈妈把他惯坏了，"比莉说，"母鸽子一般都没有什么头脑。"

"是的，沙米说，在所有的孩子中，苏珊最喜欢红孩儿。她站在他那一边，最后，老'慢性子'让步了，红孩儿和缇普妥选择了在父母巢上方的一块突出的地方安家。他们甚至趁慢性子不注意的时候偷稻草。沙米说，他听说苏珊很傻，还给了他们一些她叼来的最好的稻草。完成后的新巢算不上一个整洁的鸟巢——一点也不像那些老鸟精心搭建的鸟巢，那种鸟巢里会铺着精致的稻草，好让雏鸽的脚抓着。"

"鸽子不也像你们金丝雀一样，用羊毛和棉花做窝吗？"比莉问。

"我亲爱的朋友，"我答道，"你得好好反省一下。雏鸽不像金丝雀，他们的脚很大，当他们在窝里站起来让妈妈把奶水送进他们的喉咙里时，他们脚下得抓着点什么。"

比莉盯着我："鸽子喝奶？迪基·迪克！你说的是真事吗？"

"当然是，"我认真地说道，"当雏鸽孵化出来时，在母鸽的嗉囊里会分泌一种乳汁来软化食物，好让母鸽把食物喂给孩子。小鸽子们不能消化掉整个谷物。他们还太幼小、太虚弱了。随着他们长大，乳汁会变得越来越浓稠，直到最后父母会给他们喂完整的种子。"

"好吧，好吧，"比莉说，"我还真不知道这个。这点上他们有点儿像人类的宝宝。"

"非常像——我们接着说红孩儿和缇普妥筑巢的事。当他们发现一张老式硫黄火柴的盒子时，他们做了一件自以为非常聪明的事情——缇普妥带了几根断了的火柴回去，横着放在鸟巢里的稻草中间。

"苏珊看到了之后便说：'把那些东西扔掉，那些很危险。'

"'这有什么危险的？'缇普妥问。

"'我也说不清楚，'可怜的老苏珊说，'但我就是不喜欢它们的味道。'

"红孩儿对缇普妥很着迷，自然站在她一边。

"老苏珊愁眉苦脸地拖着沉重的步子往她的窝里走去。她无能为力，只能希望不会出什么问题。时光流逝，两颗蛋破壳而出。缇普妥是一个非常不安分的母亲，她总是飞离她的巢，去伸展她的翅膀。正因为如此，对她来说，住得离她的婆婆近是件好事，因为苏珊经常阻止她外出。如果天气很冷，这些小家伙就会因为被遗弃而受到折磨——因为到处都裸露在外。但幸运的是，现在正是仲夏时节。有一天，天气热得可怕，阳光从高高的谷仓顶上的破窗子里倾盆洒下，照在鸟窝上——"

"从哪？"比莉起身，伸着脖子问道。

"就在那上面，在枫树的这一边。"

"哦，我看到了。"比莉说，然后又趴回了垫子上。

"炙热的阳光透过玻璃照下来，点燃了火柴，那不是很快就会着起火来吗！在谷仓外面筑巢的几只知更鸟发出了警报，他们尖叫着，在院子里疯狂地飞来飞去。沙米住的那所房子的女房东听到了响声，向外看了看，然后冲到电话机旁。我们离消防站很近，几分钟后，一辆车从街上冲了过来，把火扑灭了。虽然只燃了一点火光，但很令人痛心。虽然我刚才说过，缇普妥非常愚蠢，但她毕竟是一个母亲，当她看到她那些受了惊吓的小家伙们从窝里爬起来，用他们的小喙噼噼啪啪地啄着火焰时，她立即飞进了火焰里，在他们上面盘旋着。"

"那她必死无疑了。"比莉说。

"哦，没错。她一定是被烟呛死的。

"沙米说，第二天，他看见可怜的红孩儿在谷仓的地板上胡乱划拉着，盯着一个烧干了的小东西看。他伤心透了，后来，他飞走了，这里再也没有人见过他了。"

"年轻的鸟儿应该多在意一些长者们的话。"比莉说道。

"但他们从不这样做，"我叫道，"你得让年轻人自己去发现。"

"那苏珊和'慢性子'后来怎么样了？"比莉问，"你说过他们的巢离得很近。"

"是的，他们只有一只雏鸽在巢里——一只又大又肥的雏鸽。他吓坏了，从窝里掉在谷仓地面的一张旧桌子上。

"沙米说看着那个已经年老的'慢性子'看着这一切的时候他十分同情，'慢性子'看起来仿佛在说：'我为什么失去了我的孩子？'

"我们的玛丽给他拍了一张快照，收录到她的鸟类相册里，另外还有一只知更鸟也失去了幼鸟。她在谷仓高处筑了一个巢，就在鸽子上方。她的名字叫抖尾，她的脾气不好，但和她的配偶

威克斯·克莱曼提没法比。沙米说，威克斯回家的时候收获颇丰，嘴里衔满了给他亲爱的幼鸟们带的吃的。当他看到谷仓周围的人群时，他开始尖叫并抖动翅膀。他知道，他的孩子们都死了。他们被水管里高压水流冲出了窝，躺在地上，奄奄一息。他和抖尾责怪女房东、消防员、人群、鸽子们，责怪这街上的每个人。他们爱他们的孩子，把他们抚养得很好。"

"告诉我更多关于谷仓的事，"比莉说，"刚才我注意到一个人从里面牵出了一匹马。"

"沙米说这曾经是这个社区的耻辱，"我气愤地说，"他不明白为什么这里的好人们不去检查一下那座摇摇欲坠的老建筑。那栋房子对人是有害的，因为它散发着一种有害的气味，而且去年冬天的时候，养在那里的一匹可怜的小马几乎冻死了。他的主人是一个对饲养动物一窍不通的老家伙，他需要有人告诉他如何照料动物。他还在那里养过一头牛，但是死了。他买了一堆质量很差的干草，同时也没有给小马足够的水喝，所以小马的日子过得非常艰难。就在这时，在他身上发生了一件美好的事情。"

我停了一会儿，因为比莉发出一声长长的、沉重的叹气："我知道一些关于马和牛的不幸的事，"她说，"纽约有很多马和牛。当然，人们应该照顾好他们自己的动物，这才是正确的做法，但是我不明白为什么那些自私的家伙们不懂得照顾他们的动物是值得的。为什么呢，马儿明明值那么多钱。"

"我知道，"我说，"但有些人就是那么没头脑，甚至需要法律的强有力的臂膀把这种智慧强塞给他们。"

"那只小马身上发生了什么好事？"

"好吧，那我就必须给你讲讲他的身世了。他年幼的时候，体形非常非常小，人们叫他迷你蒂姆。他的第一个主人是一个富人，他把蒂姆当成了自己的宠物，对待他不像对待一匹马那样，更像是对待一条狗一样。他常常到主人家里去，在楼梯上走来走去，当仆人来把他撵出去的时候，他就藏在一张大桌子的桌布底下。"

"他一定很小，不然怎么做得到。"

"是的，他说他当时就像一只大丹狗那么大。他从不像马那样在街上走。他总是走人行道。但是，当他长大了，体形也变大了，他就不得不和马住在一起，把孩子驮在背上了。当他很小的时候，他们经常和他一起玩，他说他会像一只小山羊一样，用头顶他们，把他们撞倒。

"时光飞逝，那个富人破产了，不得不把迷你蒂姆卖掉。他在一个又一个可怜的主人中辗转，直到最后，他变成了这个收破烂的老人的财产。沙米说所有的麻雀都知道这匹小马的事，而且都很同情他，因为他们知道他以前过着多好的日子。他总是低着头走路，感到羞愧和难过，几乎没有力气拖动那辆摇摇欲坠的旧马车。蒂姆当然不喜欢被关在这个可怜的地方，但是这个收破烂的人提供不了更好的。蒂姆只有一大堆潮湿的草垫，而且沙米说，看到他垂着脑袋站在那里时，可怜极了；屋顶漏下的水滴在他身上，在他的蹄下，泥土从木板之间渗出，而他的嘴唇上还留着凌乱的干草。

"今年冬天的一个清晨，沙米说住在谷仓里的老鼠传出了小蒂姆被收养的消息。似乎是前一天晚上很晚的时候，蒂姆摇摇晃

晃地回到旧谷仓，因为旧货商的妻子坚持要在下班后骑马，也就是他——蒂姆——就在这条街上。哦，你可能注意到我们附近有一家军队医院。"

"哦，是的，"比莉说，"马丁太太每天陪我散步的时候都会路过那里，有个独臂士兵就住在那里，他养着一只愁眉苦脸的比利时小狗，那是他在国外打仗时从饥荒中救出来的。我们的玛丽前几天还给我和他照了相。"

"嗯，沙米说那些士兵是城里最快乐的。他们都受过伤，许多人只有一条腿，拄着拐杖，等着他们的残肢痊愈，然后再装上假肢。他们中的一些人已经得到了去大学的许可，他们放学之后返回医院的时候，看到那匹可怜的小马躺在竖井之间。他们一瘸一拐地走过去，给他解下马具，对捡破烂的人说，他们是阿尔伯塔人，很熟悉马，他的小马快要饿死了。他们一起筹集了二十五美元，买下了小马和手推车，把小马放了进去，由那些两条腿一只胳膊的人设法把小蒂姆拉到了医院，而那些只有一条腿的人则在一旁拄着拐杖一瘸一拐地跟着。

"当他们把他弄过来的时候，不知道该拿他怎么办。医院里非常安静，每个人都上床睡觉了。他们偷偷地把蒂姆带到后门，把他从车上弄下来，领到一间浴室里。然后，他们把床上的毯子拿下来当做草垫，在食品储藏室里给他找了一些面包、牛奶和谷类食品，让他在那里一直待到早晨。当然，他们都睡得很晚，第二天早上第一个走进浴室的是护士。当她看到这匹可怜的瞪着一双饥饿的大眼睛的黑马驹时，她疯狂地尖叫起来，因为食物使小蒂姆恢复了一些旧时的恶习，他把东西弄得到处都是。

"其他的护士跑了过来，医生和士兵也来了，不过他们只是放声大笑。不管怎样，小马就这样被医院收养了——"

比莉打断了我："你的意思不会是说这个故事与医院院子里的那个士兵吉祥物有关吧？"

"没错，就是他，"我说，"蒂姆现在胖得像猪一样，也幸福得像国王一样。士兵们喜欢他，他经常和他们一起在斯帕迪纳大街上散步。你知道的，大家都喜欢军人，因为他们在保卫国家的时候是那么勇敢，人们允许军人们享有许多特权。蒂姆太小了，他们骑不了他，当然他现在也老了，他很幸福，而且不用待在那个旧马厩里了，这不是很好吗？"

"确实是个美好的故事，"比莉说，"我希望士兵们能到纽约去营救那里的那些可怜的马。那你再给我讲讲，那个捡破烂的人后来怎么样了？"

"噢，这件事上了报纸，马丁夫妇觉得真是太可怕了，他们自己没有发现小马的处境。他们和一些有钱的朋友商量，成立了一个公司，开始为市中心的穷人们的马设计马厩的模型。他们设计的马厩有良好的照明和通风、宽敞的隔间，有流动水和纱窗，在马厩的顶上还有一个大的屋顶花园，供附近的孩子们玩耍。毕竟这个地区人们都很拥挤，孩子们会喜欢这个花园——沙米说他们一定会在那里吃午饭的，所以那里对鸟类也有益处。"

"但是那个捡破烂的人呢？"比莉说，"你说的这些答非所问啊，迪基·迪克。"

看到她那滑稽而不耐烦的表情，我禁不住笑了起来。然后我说："马丁夫妇给了他一匹年轻强壮的马，告诉他如何照顾马。我

的意思是，那些马厩——不是慈善机构，比莉。公司可以通过多买几匹马来赚钱。"

"现在旧谷仓里还有马吗？"比莉问。

"用不了多长时间那里就要被拆了，要改建成一个车库。"

"那挺好的，"比莉说，"你盯着什么呢，迪克？"

"我在看斯奎里，"我说，"他刚从屋顶上下来，走进了旧谷仓。我希望他不是冲着幼鸟去的。比莉，我想我要去和他谈谈。我一直想和他单独谈一谈。"

"你最好别去招惹他，"比莉警告地说，"他才不会把你当回事。"

"我去试一试，"我说，"如果你不介意的话，我要离开一会儿。"

比莉摇了摇头，但我下定了决心，飞进客厅，我们刚才是在马丁太太的卧室里，我从敞开的窗户飞出去，飞向我们房子后面的旧谷仓。

第十七章　我失去了我的尾巴

我落在谷仓的屋顶上，轻声地喊道："斯奎里，斯奎里，你在哪？"

很长一段时间都没有回应，过了一会儿我听到他嘲笑我道："我在这里，宝贝，宝贝。"他出乎意料地把头从我身后的一个洞里伸出来。

我转过身来，他向我做了一个可怕的鬼脸。

"斯奎里，"我温柔地说，因为我已经下定决心，绝不对他失去耐心，"出来吧，我想和你谈一谈。"

"你有什么话值得听？"他戏谑地问，把头又从洞里伸出来一点。

"我想告诉你我为你感到多么难过，"我继续道，"还想问一下我能不能帮助你成为一只善良的松鼠。鸟儿们对你感到非常生气，我担心如果你不改正错误的话，他们会把你赶出这个社区。"

他一听到这个消息就出来了，眼中闪烁着危险的光。

"他们打算做什么？"他问。

"哦，还没什么明确的计划。他们只是在谈论，如果你像去年那样捉弄他们的孩子的话，他们就会把你赶出去。你记得吧，在筑巢季节结束之前，他们对你非常生气。"

他开始哼唱他最喜欢的歌——"我不在乎任何人；不，一点儿也不——"

"斯奎里，"我哀求道，"要是你知道大家都爱你这是多么愉悦的感觉，你就会努力做个好人的。"

"像你一样——偷偷摸摸告密的小白脸！"他说。

我很震惊。"我不是告密者，"我说，"而且你为什么叫我小白脸？我可是一只很有骨气的鸟。"

"你真是个说梦话的小宝贝，"他轻蔑地说，"结交这附近所有的鸟，假装自己是个天使。你就是只小黄鼠狼，你就是这样的家伙。"

"黄鼠狼！"我惊恐地叫道，"那可是吸食鸟血的坏动物！斯奎里，你真是疯了！"

"我没疯，"他说着，从洞里爬了出来，用后腿坐了起来，摇着前爪威胁我，"我看透你了，草中蛇先生。"

在这一连串的咒骂声中，我沉默了一分钟，我——只是一只小鸟，被他大胆地用坏动物的名号来称呼弄得不知所措——不是说蛇都是坏的，黄鼠狼也不是，但他用的是那些坏的部分来形容我。

"好吧，"最后我只好说，"你看待我的时候，有抵触情绪。"

"难道我没有看透你吗！"他凶狠地说，"我难道没听见你和那个可恶的沙米说话吗！他说我的坏话，我要让他吃苦头。今年夏天我要吸干他的孩子们的血。"

"你觉得是沙米让我来找你的吗？"我震惊地问。

"不，我不这么认为，"他粗鄙地说道，"我觉得你自己有狡猾的打算，所以才来找我的，你想把可怜的斯奎里变成一个像你一样的楷模———一个滑头伪君子。"

"你说的伪君子是什么意思？"我生气了，愤怒地说道，"我是一只诚实的鸟。我真的为你感到难过，你知道的。我想帮助你成为一只更好的松鼠，但是如果你不愿意，我怎么能帮助你呢？"

"你帮我？"他轻蔑地说，"就凭你这一小捆傲慢的羽毛和骨头，你能做些什么？"

我尽了很大的努力不发脾气。"我可以和你做朋友，"我说，"我可以和你谈谈你犯过的错误，为你今后的所作所为提出建议。拥有一个真正爱你的朋友是一件非常重要的事，斯奎里。"

他的态度变得十分严肃和安静。他说："我可以理解为，你已经准备好要做一个爱我的朋友了吗？"

"我确实做好了这个准备，"我坚定地说，"只要你答应成为一只更好的松鼠，我就会做你的朋友，支持你。"

"并且抛弃沙米吗？"他问。

"我为什么要抛弃沙米？"我说，"他是一个善良、热心的鸟儿。我觉得如果你改过自新，他也会成为你的朋友的。"

"我恨沙米。"他说。

"但是你不明白，斯奎里，"我连忙说道，"如果你变成一个善良的小动物，你就不会恨每一个，取而代之的，你会去爱每一

个，你也会为此感到更加舒适。内心一直这么疯狂是可怕的。它吞噬了你的力量，吞噬了你的善良。"

我以为斯奎里被感动了，因为他低着头沉默了许久。接着他笑了起来，一开始笑得很轻松，但最后笑得很厉害，全身都抖了起来。

我盯着他，不知道他为何如此。

"你这个被驯服了的黄毛小屁孩，"他终于说道，"你以为我会像你一样吗？你的生活毫无乐子。"

"什么是乐子？"我安静地问。

他的眼睛亮得像两颗星星。"把所有事情搞砸。"他说。

"但那意味着苦难。"我回答道。

他用爪子拍了拍他的小肚子。"只要我毫发无损，谁受了什么苦又有什么关系呢？"

"但你心里过不去的，斯奎里，"我不耐烦地说，"即使是一只松鼠，身体中也有超脱于肉体以外的东西。如果我让另一只鸟生气了，我的内心就会感到不安。"

"斯奎里可不在乎谁心里怎么想，"他轻轻说道，"我妈妈就是这么告诉我的，她说只有肉体上的感觉才算数。"

"这就是你的问题所在。"我叫道，"你是个铁石心肠的人，只关心你自己。如果你为所欲为，世界上所有其他的小松鼠都会感到寒冷、痛苦和不快乐。"

"而且所有的小鸟也会如此。"他模仿着我的语气说道，"特别是像小迪基·迪克这样的鸟儿们。现在，因为你对我的无礼，我要咬掉你的尾巴，好让你直到换毛的时候，都还记住你向斯奎里先生提出的建议多么不切实际，竟然要让他改变他整个生活的计划。"

我试着飞，但我好像瘫住了。他直勾勾地盯着我的眼睛，突然从我头上跳过去，用嘴叼住我的尾巴，扯掉了所有的羽毛。

我以为他要杀了我，于是我发疯似的尖叫："沙米，沙米！帮帮我，快救救我！"

亲爱的老沙米，我刚才看见他在地上，仔细察看着我笼子里的碎布条，那是被马丁太太从窗口扔给他的，他听见了我的呼救，便飞快地飞了过来。他喊了一声战斗的口号，顷刻之间，空气中就飞满了麻雀，他们都在屋顶上，盯着筑巢的地方。

然而，就在这时，斯奎里已经跑了。他回头看了一眼，我也最后看了他一眼，然后他沿着谷仓的屋脊跑到附近的一棵树上，从那棵树跑到我们的屋顶上，然后沿着屋顶跑到他自己的房子上，躲进他的小堡垒里。他的嘴边还挂着我的一束尾羽。他可能会用那羽毛来做窝；而我哆哆嗦嗦地蹲在屋脊上，动弹不得。

"快告诉我，告诉我，发生了什么？"沙米说，"哦，迪基·迪克，你的尾巴不见了——真是太可怕了！你，那边那个，别笑了！"他扑向上个季节出生的一只叫汤米的轻浮小麻雀，那小麻雀看到我滑稽的样子，差点笑死。

"是斯奎里干的，"我喘着粗气说，"我试着劝他做个好人，他却咬掉了我的尾巴。"

"你为什么不跟我商量呢？"沙米严肃地说，"那家伙已经听了足够多的训诫了，那些话就像从屋顶上滚下来的碎石一样落在他头上，多得足以使满大街的松鼠改变主意。"

"我以为我能影响他，"我说，"如果我和他单独在一起，亲切地跟他谈一谈；但我对他一点作用也没有，还失去了我漂亮的尾巴。"

沙米难过地摇了摇头。"这太糟糕了，迪克，就算给我一磅最爱吃的种子，我也不会让这种事儿发生。"

"就算我羽翼丰满的时候，我也从来都不漂亮，"我痛苦地说，"只有尾巴还看得过去。我现在更是丑得吓人了，女主人正要给我找个伴儿呢。一只高傲的小雌鸟肯定瞧不起我的。哦，我为什么不待在家里呢！"

"别担心，迪基·迪克，"沙米安慰地说道，"你的本意是好的，但和惯犯打交道总是危险的。惩罚是对他们唯一有效的东西，我会让斯奎里得到惩罚的。"

"不要为了我做任何事去复仇，"我赶紧说，"我原谅他。"

"我也一样。"沙米冷酷地说，"我诚心诚意地原谅他，我要认真努力，亲自去改造他。"

"你要做什么？"我急切地问道。

他露出了滑稽的小麻雀似的微笑："等着瞧吧——我只告诉你这么多：我要把他交给比我们更高的法庭。"

我不明白他是什么意思，但我依然耐心地听着他对一些老麻雀说的话，这些麻雀看到他在照顾我，正离开屋顶，回到各自的工作岗位上去。"朋友们，我要去北山。帮我盯着那群白头翁，好吗？他们很喜欢这附近的树，我们不想让他们离我们太近。如果他们过来打扰你们，就向苏珊和'慢性子'求助，把他们赶走。也不要离他们太近，只管向他们蜂拥而去，大声地喊叫就行了。

他们也不喜欢被别的鸟打扰，虽然他们自己也够烦人的。"

然后他又转向我，"要不要我陪在你身边，飞到你的窗口去，迪基·迪克？你最好回去休息一下。"

"那就麻烦你了，沙米，"我虚弱地说道，"我不知道什么时候像这样不安过。"

"你流血了，"他说，"你那小小的羽毛之前一定深深扎根在你的皮肤上。"

他非常善良地陪着我一起飞，直到我们落在窗前。一到那儿，我就央求他在启程飞向北山之前先进屋来吃午饭，那是一段很长的飞行。

他很乐意这么做，尤其是我们在我的笼子里发现了海丝特刚烤好的、马丁太太为我准备的一块很大的玉米面包。

他很高兴能吃到如此美味，便向我吐露他这次旅行的目的是去找老乌鸦王，和他谈谈斯奎里的事。

"谁是乌鸦王？"我问。

"他统治着多伦多中部和北部的所有乌鸦。他很聪明，有很大的影响力。我们麻雀讨厌白头翁之类的鸟，但乌鸦除外，他们经常对我们有很大的帮助。"

"沙米，"我说，"给斯奎里带来这种后果让我感觉很糟糕。"

"你真心希望斯奎里改过自新的，不是吗？"

"哦，是的，我打心底希望他变成一只善良的松鼠。"

"结果你没能给他带来什么好的影响，那如今为什么不把他交给一个对他有影响的人呢？"

"你说得很对，"我难过地说道，"我想我没有权利干涉，但

我的本意是好的。"

沙米笑了："我以前常听到这种话。你看，迪基·迪克，如果这附近所有善良的鸟和动物都试图帮助斯奎里改过自新，但都做不到，你，一只弱小的陌生鸟，加入了进来，就希望能成功了？"

"没错，"我说，"好吧，沙米，我希望你能一路顺风。你的小麻雀肩上长了个聪明的小脑袋。"

这时，沙米正站在窗台上，准备离开我。

"飞机上有一个人，"他抬头看着天空说道，"我要和他赛跑看谁先到北山去。"

我看着他们出发——一架巨大的呼噜呼噜的机器，还有一只安静的小麻雀。

当我回到笼子里休息时，是沙米领先。我很想知道沙米会怎么做，于是不耐烦地等着他回来。

第十八章　猴子内拉

当我坐在笼子里打瞌睡时，比莉的一声尖叫把我吵醒了，我飞到窗前，她正站在椅子上对着街上的什么东西吠叫。

马丁太太站在人行道上，正在给寄宿处的女房东看露出外衣下面的什么东西。

"女主人那衣服底下有活物，"比莉说，"我能闻出来。她要把那东西带进来了。"

"嗯，"我有点生气地说，"为什么要这么小题大做，把我从午睡中叫醒呢？"

比莉四肢发抖。"是很奇怪的东西，迪基·迪克。我不知道怎么形容我的感觉。"

"可能是一只新来的小狗。"我说，"总有人送给女主人狗。"

"不是狗，"比莉说，"不是狗，哦，我觉得好奇怪！一定是要发生什么怪事了！"

我好奇地盯着她，比莉是一个非常敏感的动物。然后我听见

女主人正在朝房子里走来。

不久，门开了。"好了，我的宠物们，"马丁太太热情地说，"你们觉得女主人现在给你们带回来了什么？"

比莉看上去很害怕，但她跑向亲爱的女主人，讨好她，同时非常紧张地望着她那鼓鼓的外套。

"是给你的一个礼物，比莉，"马丁太太说，"一个亲爱的同伴。我希望你会喜欢她。"说着，敞开了外套，她把一只看起来很可爱的小猴子放在地板上。

比莉倒抽了一口气，猴子尖叫起来。他们彼此认识，连马丁太太也看出来了。"怎么了，比莉！"她喊道。接着，她看着那只猴子跑向比莉，用双臂抱住她，叽叽喳喳地说个不停，就像一个找到了妈妈的孩子。

我看得出，比莉不喜欢这样，但她站在那里一动不动。"你们在哪里认识的？"马丁太太说。然后她带着一种动人的、近乎滑稽的真诚语气说："噢，为什么我一次都听不懂我的宠物说的话呢？比莉，你在跟迪基·迪克说什么，我从他把头歪向一边的样子就知道了，但是，迪基，你对你的尾巴做了什么？玛丽，哦，玛丽，过来！"

我们亲爱的玛丽蹦蹦跳跳地来到房间里。

"看看我们的迪基·迪克，"她妈妈说，"我们可爱的小宠物的尾巴不见了。这意味着什么？"

我们的玛丽很困惑。"他没有被猫抓到过呀，"她说，"他太聪明了，不会被抓住的。一定是别的鸟干的！"

"哦，为什么我们听不懂他们的话呢？"马丁太太紧张地问道，然后她紧紧盯着比莉，"告诉我，我的狗儿，我们的迪基怎么会失去他的尾巴！"

比莉鼓起勇气，跑到窗前，望着窗外的树木，狂吠不止。

玛丽连忙说道："这就是比莉在蒂勒尔家追赶红松鼠时的行为。那只松鼠是她在附近唯一追逐过的动物，也就是说她和我们一样清楚地知道那只松鼠很淘气。"

"比莉，"马丁太太认真地说，"是那只红松鼠扯坏了迪基·迪克的尾巴吗？"

"汪，汪，汪！"比莉一边抬起前腿一边叫道，"汪，汪，汪！"

马丁太太显得很不安。"那他的末日注定要到来了。我听说他把蒂勒尔太太家的木器损坏得很厉害。如果她愿意的话，我们会采取一些措施处置他。现在回到猴子的问题上——不过，她去哪了？"

"在桌子下面拆你的袜子呢，"我们的玛丽笑着说。果然，猴子小姐坐在她旁边的地板上，地上有一堆羊毛。

马丁太太连忙向她扑过去。"你敢相信吗！我三个小时的活计，三分钟就被毁了！我真应该好好看着她的。那我们再回到比莉的问题上来——我的狗儿，自从你跟着我以来，就没有认识过猴子。你一定是在我遇到你之前就认识这个小家伙了。也许你属于布朗克斯附近的某个意大利人，其中一个养了一只小猴子。"

我情不自禁地插嘴唱了一首激动的小曲，那正是比莉告诉我的，也正是那只猴子在叽叽喳喳地说着的。安吉丽娜和安东尼奥是比莉的主人，他们有一个叫托马索的叔叔，他是一个手风琴工。

他经常带着他的猴子去拜访他们，这个小家伙就和比莉熟络了。

"那么，比莉，让我跟你分享一下我的故事吧。"马丁太太说，"一个星期前，我沿着学院街走着，一个手风琴演奏者正哼唱着'春天，温柔的春天'，他的猴子在一旁收钱。这时一辆汽车打滑了，撞在这个可怜的人身上。他被送到附近的综合医院，我把猴子送到麦考尔街的动物保护协会。从那以后，我一直去看那个人，给他带些美味佳肴，但是昨天晚上他去世了。他在这里没有朋友，为了表示感谢，他临死前把他的猴子给了我。比莉，我把她带给你做玩伴，但先适应一段时间，如果你和猴子合不来，我就送她去河谷镇的动物园。"

比莉的眼睛变得呆滞；她紧张地摇着头，尽量不去呻吟。内拉，就是那只猴子，紧紧地搂着她的腰，她几乎要发疯了。"姐姐，姐姐，"那只猴子说道，"内拉很高兴见到你，她一直很孤独。"

"比莉，比莉，"我唱道，"要善良，要善良，猴子有权利，猴子有权利。"

"她没有权利压榨我的生活，也没有权利逗弄我，"比莉叫苦不迭，"我从来都不喜欢她。她太奇怪了，我喜欢狗和鸟。"

"好吧，那也要善良一点。"我鼓励地唱着。

"而且你要小心，"比莉暴躁地说，"只要她对你动手动脚，她片刻之间就要了你的命。你不了解猴子，他们不像狗那样文明。"

刚经历了与松鼠的冒险，我觉得应该谨慎一点。"我该怎么办，比莉？"我唱着，"我该怎么办，怎么办？"

"飞回楼上的鸟舍去。"比莉说，她在极度紧张的时候，还在为我着想，"一直待在那儿，直到内拉离开。她很淘气，你看着吧，小姐留不住她的。"

"如果我乖乖待在笼子里的话，我能留在这里吗？"

"不，不能！"比莉不耐烦地叫道，"你真该看看她是怎么爬上去的。她会爬上相框，跳到你的笼子里，然后一下子用她的手指掐住你的喉咙。我告诉你，飞上楼去。趁马丁太太还没走出房间，赶快飞吧。"

"我现在就走，现在就飞。"我唱了起来。马丁太太开门去给猴子小姐拿些水果时，我飞上楼，坐在楼上大厅的壁炉上，直到玛丽走过来，帮我打开了鸟舍的门。

我一进门，金丝雀群中就响起了这样一种叽叽喳喳的声音："嘿，看看迪基·迪克！你的尾巴呢，迪基？他肯定是跟什么鸟大吵了一架，还是出了什么意外呢？告诉我们，迪基，快告诉我们，告诉我们，说呀，说呀！"

甚至连长尾小鹦鹉、温和的靛青维达鸟和燕子都对我喊道："说，快说！谁伤害了你？"

自从我离开鸟屋，住进楼下的房间以来，我还从未如此高兴地回到那里。这些鸟中有许多是我的亲戚。他们可能会取笑我，我们之间可能会有嫉妒，但他们是我的同类，他们永远、永远不会像松鼠或猴子那样对待我。所以我告诉了他们整个故事。

他们都把头侧向一边，侧耳细听。我讲完自己的悲惨遭遇后，他们说的话听起来很有趣，大概意思就是："你最好待在家里，最好待在家里，因为世界是险恶的，对鸟儿是残酷的、不好的、有

害的、坏的。"

"但在我看来，鸟屋的生活似乎很狭窄。"我说，"你不知道它有多窄，直到你走出它。"

绿顶一直很友好地看着我，直到我说出这句话，他才喊道："他在取笑我们，这是取笑，是取笑，取笑！"

诺福克，我的父亲，开始对此感到愤怒；我的堂兄弟们和我的小弟弟们，漂亮男孩们克里斯托和雷德戈登也一样生气。他们似乎比那些与我无关的鸟更重视我的话。

然而，我的银喉叔叔悄悄走到我面前，低声对我说："你说得太多了，管好你的舌头吧。"幸运的是，就在这时，我们的玛丽走了进来，填满了各个种子食盘，把他们的注意力从我身上引开了。

"鸟儿们，"她说，"纽约西部一阵温暖的微风正从安大略湖上空吹来。我想我们可以给新窝揭幕了，来庆祝一下这个温暖的日子。"

多么令人兴奋啊！鸟儿们叽叽喳喳地叫个不停，围着她飞来飞去。她走到大窗户前，拉开铁丝窗的纱布，让我们飞到洒满阳光的屋顶上。

尽管我没有尾巴，但我是第一个出来的，因此受到了父亲好一顿打，作为鸟舍里最老的住户，他应该比谁都先出来。

跟着我的叔叔笑道："你是一只温柔的小鸟，迪基·迪克，但是只要你活着，你就会不断惹麻烦。所有你这个类型的鸟都是这样的。"

"我是什么类型？"我问。

"探险家、冒险家、流浪者，这种鸟不会待在家里，也不会

136

在父母的巢里休息。他们振翅飞翔，而鹰总是在天空翱翔。"

"对不起，亲爱的叔叔，"我说，"我的朋友——住在墙洞里的沙米来了，他有重要的消息要告诉我。"

"既然你经常离开你的家人，那现在和他们待一会儿，让那些外人等着，你难道不觉得这样做才是礼貌的吗？"

"我马上就回到他们身边来，"我说，"我现在必须得去看看沙米，我必须去。"我欢快地唱着歌，飞到一个角落，沙米正坐在那里的铁丝网上，低头看着我们。

"怎么样了，有什么新闻？"我问道。

"好消息，"他啁啾道，"不过这儿对鸟儿来说可真是个好地方啊，几乎和拥有整条街一样好！怪不得他们都不肯出来。"

"你不会喜欢的，"我说，"我也不喜欢。但是他们的确喜欢。"

"确实，"他说，打了个寒颤，"要是我被关在这里，我会发疯的。但对金丝雀来说，这地方看起来已经很大了，看他们飞得多兴奋。"

"给我讲讲伟大的乌鸦王。"我说。

沙米笑了，说道："我去找他的时候他正坐在一棵大松树上，刚刚主持完一场审判，已经结束了。在他下面的地上有一只死了的小乌鸦。"

"他杀的？"我震惊地问道。

"哦，不是，但确实是他下令杀掉的。"

"那只小乌鸦做了什么？"

"他不好好站哨。"

"什么意思？"

　　"当乌鸦在觅食时，总会委派一只站在高高的树上观察，在危险接近时发出警告。这只小乌鸦很贪吃，总是想吃东西。他们警告过他，但他不听，于是他们杀了他。"

　　"那这位伟大的乌鸦王对斯奎里的事儿怎么说？"

　　"他明天早上就去见斯奎里这一宗族的首领——大红松鼠——他们将决定如何处理。"

　　"为什么你自己不去见大红松鼠呢？"我问。

　　"我很害怕。我害怕松鼠，尽管有许多我喜欢的个体——比如奇卡瑞，他一生中从未伤害过一只麻雀。"

第十九章　斯奎里受审判

第二天早晨，大红松鼠派来了两名松鼠警察，毫无疑问，街上的每一只英国麻雀、知更鸟、白头翁和野麻雀都踮起了脚尖张望。

我听到了沙米的呼唤，"吱吱喳喳，迪基啊！迪基啊！"我连忙快速飞出鸟舍，飞到我们最喜欢的那棵榆树上。有两个松鼠警察，他们都是头脑清醒的老家伙，正爬上寄宿处的屋顶，径直向斯奎里的前门的洞口走去，那儿有十几只小麻雀急着给他们看。

"哦，沙米，"我说着，用我那没有尾巴的背靠着树干，"他们不会杀了他的，对吗？"

"我不知道，"他严肃地说，"我也看不出来他们收到了什么命令，但是我猜他们会把他赶到北山，让他在大红松鼠面前为自己辩护。"

我打了个哆嗦。这对我来说非常痛苦，我真希望我之前没有对沙米诉说的那场冒险只字未提。

"我知道你这金丝雀的心里在想什么，"沙米说，"还有，迪基·迪克，不要烦恼。斯奎里必须受到处置，你的事情只是加快了这个进程而已——看，他来了。他们和他打了一架，有一只耳朵上有血。"

突然，我们听到下面人行道上有声音。"哦，是可爱的松鼠宝宝们，正在阳光下散步呢！"我们低头一看，是塞米·山姆和他的妹妹露丝·卢年轻的新鲜面孔朝我们的方向望着，站在那里。

沙米非常喜欢小孩子，温柔地说："上帝保佑他们幼小的心灵，他们对鸟兽有太大的误解了！那两只严肃的老松鼠把一只坏蛋松鼠抓走了，也许要把他咬死，而他们竟然觉得很好玩。"

"他的脸色多难看啊！"我说。

斯奎里看到所有的鸟儿都聚在一起盯着他，暴跳如雷，看上去好像要把我们都杀了。每隔几分钟，他就停下来，试图跑回他的洞里。

每当他这样做的时候，两个老家伙就会围上来，催促他。他们从一根树枝跳到另一根树枝，直到我们在榆树掩映下的老街上看不见他们为止。

没人靠近斯奎里的洞。老松鼠警察们留下话，不许鸟儿进去。大红松鼠听说这地方对松鼠来说是个不错的好窝，他打算再派族里的另外一只松鼠住下去。果然，下午晚些时候，受人喜爱的奇卡瑞就带着一个新伴侣沿着街道大步走来了。

鸟儿们都聚集在他周围，想要打听到斯奎里的消息："他死了吗？"

"没有。"他说，斯奎里被假释了。大红松鼠派斯奎里去一个绅士的家庭看守他的私人园林，只要他稍有差池，就会被处死。

"当他被带到松鼠法庭前的时候，他看起来怎么样？"沙米问。

"一开始非常无礼，"奇卡瑞说，"还做鬼脸，但是——"

"果然，后来怎么样？"沙米问。

"我不想告诉你们。"奇卡瑞环顾四周说道，小麻雀们都张大嘴倾听着。

"说下去，"沙米严厉地说，"这些都是叛逆的一代。这些年轻鸟知道鸟兽是如何被恶劣地对待的，不会吓到他们的。"

"警察用牙把他的肩膀咬开了，"奇卡瑞不情愿地说道，"但是放血使他冷静下来，停止了他的恶作剧，谦卑地请求原谅。"

"好吧，"沙米代表我们所有人说，"我们希望他能成为一只好的松鼠，但我们也希望通过你们松鼠一族的判决，永远不要再把那个坏家伙送到这里来。"

"只要我活着，他再也不会回到这里了。"奇卡瑞欢快地说，"因为我告诉大红松鼠首领，我非常喜欢这个社区，我会非常细心地抚养我的小松鼠们，如果他们敢吃鸟蛋或杀死他人的幼崽，我就会把他们的耳朵咬下来。"

奇卡瑞说这番话时，他的脸是那么凶狠，同时又那么滑稽，我们都不禁捧腹大笑。

我们的笑声被隔了四扇门的房子里传来的可怜的尖叫声给戛然止住了，我们都盯着那个方向。

我们的比莉正沿着人行道跑着，她的背上有一个黑乎乎、毛茸茸的东西。她像一条黄白相间的带子，从远离街道的出租屋里

冲了进来，跑到后面的一小片灌木林。

我在没有尾巴的情况下，尽我所能地跟在她后面飞。有些人不知道，即使是失去一根羽毛，也会对鸟儿的飞行产生影响。

灌木丛把猴子抓了下来，她兴奋地对着比莉喋喋不休，站在那里威胁她，直到看见布莱克·托马斯来了，她才敏捷地沿着街道跑回我们家去。

布莱克·托马斯对比莉生气地喵喵叫着："你在我的院子里干什么——难道你自己没有院子吗？"

"哦，别烦我，猫，"比莉疲惫地说道，"我得休息一下，我累得要命。"

布莱克·托马斯咆哮了一声，然后，看到她的朋友在后门做饭，他走向她。

"猴子太烦人了，是吧，比莉？"我说。

她突然开始抱怨不断："我真的快要疯了，迪基·迪克，我不知道我会做出什么事儿，那东西每时每刻都在迫害我。她和我一起睡在我的箱子里，快要把我踢死了。她还总是蹑手蹑脚地向我走来，用胳膊搂着我，我觉得痒痒的——我已经厌倦了让她骑着。我不是小马。我是一只狗。我讨厌有人这么爱我。我希望她恨我就好了。"

"她很冷，比莉，而且她很孤独。"

"她有件儿小外套，马丁太太给她做了一个；但她不一直穿着，她想让我穿上。"

这时，我正坐在比莉头顶上方的一根低矮的树枝上。"耐心点儿，我亲爱的狗朋友。在逗猴子的同时，你也在帮助我们的女主人。"

"可是她太坏了，"比莉说，"她把今晚编织派对的蛋糕都偷走了；午饭后她进了餐具柜，而女主人却不知道。昨天我还在地下室发现她在摆弄电灯工人们才会动的盒子。我相信今晚没有一盏灯会亮。前门的铃也一整天都没响，除了我没人知道是猴子把它弄坏的。"

"这真是太糟糕了，"我说，"她除了这些很讨厌以外，她还把我关在鸟舍里。今天早上玛丽开门的时候我才设法飞出去，但是我不知道什么时候回去。我只是想知道斯奎里的消息。"

比莉一边听我说话，一边愁眉苦脸地望着灌木丛。她突然站起来，闻到地上有什么东西。"这是什么，迪基·迪克？"她问。

"贝特西，是碧翠丝的一个布娃娃。"

"我很好奇如果把这个东西拿走的话会不会有什么麻烦。"她若有所思地说。

"我认为不会。前几天我看到碧翠丝把它扔在那里，她说她玩腻了。"

"我要把它拿给那只猴子。"比莉说，她的脸那么滑稽，我忍不住笑了起来。

她对我翻白眼，把它叼在嘴里，带着它小跑回家。

我跟着她一起飞回去，我不得不回到鸟舍，因为那个坏猴子在附近的时候我不敢待在楼下。

当我们到达房子时，发生了一件非常奇怪的事情。马丁太太似乎不明白我为什么回鸟屋去，她以为我可能在那儿找一个小玩伴，她为没有给我找到一个玩伴而灰心丧气。

　　为了让我下楼，她匆匆跑到隔壁，从出租屋的女士那儿买下了那只孤独的小金丝雀黛西。

　　她过来了，我们亲爱的女主人，手里提着笼子走了过来。一开始，我忘记了那只猴子，喜出望外。

　　我径直朝她飞去。"黛西！黛西！"我高兴得叫了起来，我低头看着笼子里那个可爱的小家伙，她正颤抖着抬头看着我。她认识我，但她害怕街道和噪音。

　　"怎么了，迪基，你在说话！"马丁太太叫道，"再说一遍，我可爱的小家伙。"

　　"哦，黛西！黛西！"我唱了起来，"黛西！黛西！黛西——！"

　　比莉扔下她的洋娃娃，瞪着我。现在她相信金丝雀会说话了。过了一会儿，她热情地叫了起来。内拉正从房子里跑出来。

　　"小心，小心，"她喊道。"内拉会伤害你的黛西的。"

　　我绝望了。我紧紧抓住笼子的顶部，马丁太太把她抱进屋里，我惊恐地叫了一声："玛丽，玛丽，我好害怕，好害怕。"我们的玛丽立刻急匆匆地跑下楼来。

　　"妈妈，"她说，"迪基·迪克有点不对劲。我想松鼠拉他的尾巴时，他是不是受到了惊吓？"

　　马丁太太把黛西的笼子放在靠近前门的书房里的一张桌子上，我坐在上面哭。他们先看着我，然后看了看比莉，她正把那个娃娃放在内拉的脚边。

　　内拉把它拿起来，看了一遍，然后扔在角落里了。

　　比莉绝望地望着她——内拉宁愿和狗玩也不愿和洋娃娃玩。

　　"比莉也有点不对劲，"马丁太太说，"我猜一定是猴子的问题。比莉，亲爱的，你不喜欢内拉。"

"哦，是的，我不喜欢！"比莉狂吠道，"我不喜欢她，我很讨厌她！"

"我想也是，"马丁太太说，"再跟我说说她吧。她在戏弄你，对吗？"

"哦，汪，汪，汪！"比莉抽泣着，"她把我的生活弄得一团糟。"

马丁太太又看向我："而你，迪基·迪克，比莉的朋友，你也不喜欢内拉。"

"我很害怕，"我说道，"而且黛西也很害怕。"

"我不太了解猴子，"马丁太太说，"但这只似乎对我非常温柔和善良，她的前主人说她已经习惯了与鸟类和狗一起生活。过来，内拉。"

猴子跳到她的腿上，开始用手指拨弄她衣服上的纽扣。

"让我听听你是怎么说的，"马丁太太说，"你喜欢这只狗和鸟儿吗？"

内拉讲了一个很长的故事，用一种很有趣的方式叽哩咕噜地说了出来。我和比莉都听明白了，但马丁太太只是略知一二。内拉讲述了她在森林里的生活，当她还是一只小猴子的时候，人们是如何残忍地把她从父母身边抢走，现在她想要一些猴子的陪伴。她不太喜欢狗，但不得不和比莉一起玩，因为没有同类的动物逗她开心。

她讲完后，马丁太太和我们的玛丽面面相觑。她们大致领会了她的意思。

"那就去河谷镇的动物园吧，"马丁太太说，"那里有一个很好的猴舍，里面有和你一样健康的小动物。他们可以在一个温暖的大房子里尽情玩耍，有时他们还会跑出一扇小门，来到院子里，在雪地里嬉闹。当他们感到冷的时候，他们就会急忙跑进屋里，趴在暖气片上。我会送你去的，我想你和你的同类在一起会更快乐。"

内拉的脸上露出了笑容，然后她做了一件很温暖的事。她向马丁太太深情地眨了眨古怪的黄眼睛，用两只瘦骨嶙峋的胳膊搂住她的胳膊抱了抱。她很高兴能去猴舍。

"玛丽，去打电话叫一辆出租车。"女主人说道，我和比莉别有深意地交换了一下眼色。

然后黛西被带到阁楼上一间空房里，我和她被关在一个大笼子里。猴子一离开，马丁太太就说我们俩都该下楼去了。

第二十章　苏西修女

随着时间的流逝，山姆和露丝与出租屋里的孩子们成为了好朋友。有时他们会吵架，但最终总会和好如初。我们鸟儿都注意到，这些陌生的孩子对我们越来越好，就像我们亲爱的孩子对我们一样。

一天，天气温暖宜人，山姆坐在门口的台阶上，准备第二天早上的拼写课。

他看上去不太高兴，而且用胳膊搂着邻居的一条狗，这条狗和比莉一模一样，是来找她一起玩的。

当弗雷迪从出租屋跑出来的时候，比莉出去了，山姆正在逗帕特西玩。

"听着，山姆，"他说，"我写了一些关于住在墙洞里的麻雀的诗。"

山姆很高兴有个把书扔掉的好借口，说："念吧。"

弗雷迪开始自豪地念道：

有一只小鸟住在一个洞里

它的大小和一只碗大同小异

当它厌倦了坐在它的巢里

它就会振翅而起，飞来飞去，累了就休憩

现在这首美丽的短歌就要曲毕，

你不会感到无聊的，因为这诗短小好记。

"很好！"山姆鼓着掌说道，而我看了看沙米，他正坐在那里听着，脸上带着一副麻雀独有的快活表情。

"好孩子，"沙米说，吹了声鸟哨，轻快地说，"但是我没有时间听这些甜言蜜语了，因为我必须得去帮助珍妮筑巢。"

这时候，珍妮来了，她是那么漂亮、黝黑、机灵的小麻雀，做事很有条理。她带着责备的眼光看了沙米一眼，嘴里叼满了她在我们屋顶上的笼子外面找到的白色细线。她认为我们在浪费时间。

"我要去帮着把我的窝筑在新的大笼子里，就是起居室的墙上的那个。"我说，"事实证明黛西是一个筑巢的好手，我无法说服她不要这么做。"

所有的窗户都大大地敞开着，迎接温暖的空气，所以我有一条筑巢的捷径。啊，对我和黛西来说，多么令人安慰啊！她是我见过的最可爱、最友好、最温柔的小金丝雀，她从不像鸟屋里的金丝雀那样取笑我。她认为我做的任何事都是完美的，就算我出去飞一会儿，回家晚了，她也从不抱怨。

"你怎么样了，亲爱的，亲爱的？"我唱着，我发现她在马丁太太给我们的堆巢的衬里上忙活着。

"很好，很好，"她用她那滑稽、沙哑的小嗓音说。她曾经在冬天的时候被挂在寒冷的窗户附近，这伤了她的喉咙；而夏天时又整天被太阳晒，几乎要烤焦。我告诉她，她一定是一只非常顽强的小金丝雀，否则在这之前，她就死掉了。

"如果你能给我吹个好听的小调就好了，迪基·迪克，"她说，"当我劳作的时候，不要来干涉，我很清楚该怎么布置这些柔软的小棉絮。我得扔掉那些红色的东西，因为我不喜欢我的任何一个巢里有鲜艳的颜色。"

"马丁太太没有给过我们鲜艳的东西，"我说，"一定是孩子们放进来的。你可以把那些放在鸟巢的中间，这样就不会有陌生的鸟看到了。"

"要是天气热，我出汗，"她说，"把孩子们都弄湿了怎么办？"

"我想你不会出汗的，黛西，"我说，"你这种小鸟的体温都很低。我将为你唱一首《一只栖息在美丽溪边的金丝雀》。"

"谢谢你。"她说。我在鸟笼顶上坐下，正要开始唱我最拿手的曲子之一，这首曲子里有优美婉转的长音。就在这时，我听到大厅里传来熟悉的脚步声。

是马丁先生，他一大早就回来了。他怎么了？

他的妻子急匆匆地从卧室里走出来。"亨利，你病了吗？"

"没有，"他疲倦地说，用手摸了摸自己的前额，"我在街上看到了这个，就给你买来了。"他递给她一个纸箱。

女主人打开盒子，里面坐着一只可爱的小白鸽，颜色是一种苍白、暗淡的奶油色，颈背上有一个黑色的半环。

"哦，亨利，"她说，"你从哪儿得到他的？"

"从一个路人那里。他有两只要卖，一只快死了。我把他带进了一家药店救治，让他从痛苦中解脱了，然后就把这只带回家给你。"

"你真是太可爱了！"女主人说着，把小动物从箱子里提起来，把大麻种子和水放在它面前。

鸽子贪婪地大吃大喝，然后在阳光下的桌子上找了个地方，飞过去，开始清洗她的羽毛。

"她已经习惯陌生人了，"马丁先生说，"她不怕我们。"

"亨利，你很高兴能找个借口回家，对吗？"马丁太太说，"你是累了。"

"有点儿。"他说。

"你一直在赔钱吗？"他妻子问道。

"有点儿。"他又说道，这次他笑了。

"我想这段日子过得既艰难，"她说，"又苦恼。"

他点点头。

"玛丽！"她喊道，"玛丽，过来，亲爱的。"

我们的玛丽从她母亲的卧室里出来，手里拿着几封信。

"告诉你父亲我们的小秘密，"她母亲说，"这是他欢呼的最佳时机。"

"我在挣钱。"我们的玛丽甜甜地说，脸上带着那么快乐的表情。

马丁先生容光焕发。他非常非常喜欢他唯一的孩子，但我们都知道，他很遗憾她不能做其他女孩做的事情。"你不必这样做，孩子。"他说。

"是通过我的鸟儿们赚的。"她快活地笑着说，"你好心地养了这些鸟儿，但我知道，在这困难的时刻，这些鸟儿对你来说是一笔很大的开支。"

"哦，快告诉他吧，孩子。"马丁太太说，尽管她又老又胖，却常常像个姑娘，"亨利，她每周可以用她写的鸟类科普文章赚到四十美元。你知道，许多人都在试图了解鸟类和兽类神秘的生活，而玛丽即将有一些惊人的发现。"

"是在母亲的大力帮助之下，"玛丽说，"但我想告诉你，我的父亲，你也是我的合作伙伴。因为我曾经想过，也许您和我们的朋友们都认为，我应该放弃我的鸟儿们，因为我们的负担是那么沉重。"

"但是，"马丁太太洋洋得意地说，"这孩子没有让这些小家伙们成为一个负担，相反的，带来了收益。她也在做一些爱国的事情，开始培育新品种的金丝雀了。"

"确实，"马丁先生说，"是什么品种？"

"是加拿大金丝雀，爸爸。"我们的玛丽说，"你知道，几乎每个国家都有金丝雀，包括美国，但唯独加拿大没有，所以我试图通过杂交来开始培育。"

"很好！棒极了！"马丁先生叫道，深感欣慰，"我想给这个原创作品起个名字，把我小女儿的名字联系起来。"

"'马丁的加拿大金丝雀'，已经开始流行了。"马丁太太说，"它不是那种关在小笼子里的鸟，而是养在大型鸟舍或大型笼子里的，通过一定的训练，它可以自由地飞进飞出它的家。过去的

金丝雀们没有足够的自由，但是，我亲爱的丈夫，你把你带回来的那只新鸟放进你的口袋了吗？"

鸽子不见了——准确地说，是消失在人们的视线里了，黛西和我笑了一会儿，在我们提示他们之前，我们用翅膀捂着——而不是用袖子捂着，笑了一会儿。

鸽子累了，走进了装饰着房子的无数编织袋中的一个。因为马丁太太很有活力，总在屋子里跑来跑去，所以每个房间都放了一个包，里面装着编织用品。

那个袋子对鸽子来说就像一个窝，她睡着了。

马丁夫妇在房间里到处找她，在卧室里也找遍了，直到我坐在包上开始大叫，才找到她。

他们大笑起来！"我要给这只鸽子起名为苏西修女，"马丁太太说，"因为我看她能为士兵们做些好事儿。"

"好吧，"马丁先生说，"我必须回城里去。我感觉像变了个人。不知怎么的，这个关于玛丽的消息使我非常高兴。"

"一周四十美元，每周四十美元呀！"马丁太太说，"我们不必再为鸟舍出钱了。"

"这不全是钱的问题。"马丁先生说。

"哦，我知道，我明白。"马丁太太顽皮地轻轻拍了拍他的胳膊说，"我知道你什么意思，亨利，这世界上最棒的事情——就是被理解和同情。不要工作得太辛苦，早点回家，我们要在花园里挖点东西。"

第二十一章　苏西修女的故事

马丁先生吻了她和我们的玛丽，然后匆匆离去。我们把注意力转到苏西修女身上，她小睡了一会儿，精神恢复了，嘴里叽里咕噜，向马丁太太极有礼貌地鞠躬。

后来她在我们可爱的女主人面前表演了很多这样的把戏！一天，马丁太太正在红十字会主持会议，请求贵妇们为受伤士兵捐赠更多的钱，忽然听到"咕，咕咕——"，声音从她带来的放在面前的桌子上的编织袋子里传来，一开始她很惊讶，然后就笑得前仰后合。

苏西修女以为所有的编织袋都是窝，便总是钻进去，还经常在那里下蛋。马丁太太想给她找个伴侣，但还没有成功。我和黛西常吃马丁太太煮的鸽子蛋，发现非常美味。

苏西修女为士兵们筹集了很多钱。那天开会时，当她咕咕地发出声音时，马丁太太把她抱了出来，放在钱箱旁边。她一边温柔低语，一边鞠了一躬，就这样把女人们口袋里的钱都"骗走"

了。这让女主人产生了带她去参加会议的想法。后来她做了一个鸽子形状的小盒子，苏西站在它旁边，啄着它，咕咕叫着，女士们就会往盒子里投钱。

"苏西觉不觉得她自己是只鸽子？"一天，比莉问我。

哦，不，她当然知道，但是鸽子和其他的鸟一样喜欢玩，所以她就拿打闹来取乐。有一天，她捉弄了女主人。那天她钻进一个编织袋，睡着了，女主人出门时，把编织袋放在胳膊上，然后去了市区。她注意到一个在百货商店里接待她的女孩，一直好奇地看着她的包，过了一会儿，那女孩问女主人难道不担心她的宠物会飞走吗。

马丁太太一看，才发现原来苏西修女在袋子里，她的头从红十字会袋子的破洞里伸出来。

她把她拿出来，放在手掌上说："你不会离开我的，对吗，苏西？"她说，"你想和我待在一起，不是吗？"

你知道，她总是问苏西一些能回答"是"的问题，因为那只鸟不会说"不"。

"咕咕，咕——"苏西说道，非常低、非常有礼貌地鞠躬了好几次。

女孩高兴得尖声笑了起来，其他的女孩都围过来看她。马丁太太继续说着，苏西甜甜地咕咕叫，不一会儿，就有一群人围了上来。

女主人问她喜不喜欢商店，还问她认为来商店的人有没有为红十字会捐献一点钱的能力。

苏西很高兴能得到这么多的关注，顾客们的热情如此之高，以至于一位经理从办公室里走出来，想看看是什么让大家如此兴奋。他问女主人是否愿意把她的鸟卖给他，他会把苏西放进笼子里来取悦顾客。

女主人转过身去问一个抱着孩子的妇女是否愿意把孩子卖了。

"一千美元也不行，"那女人说，"我的宝贝爱我。"

"我的鸟儿也爱我，"马丁太太说道，"即使给我一千美元，我也不会把她卖掉，不过我还是要谢谢您的好意，经理先生。"

"她在哪个剧院表演？"一个妇女问道。

这给了女主人一个机会，她告诉人们她不是驯鸟师。她只是鸟类的朋友，让鸟儿们顺其自然，按照自己的方式成长。

那个女人便说，她的丈夫曾经干驯兽师这行的，带着训练有素的狗和马演出，但是她让他放弃了这个职业，因为她发现他的动物的情绪都非常低落和沮丧；他假装抚摸他们的时候，用指尖的指甲掐他们，以此来达到训练效果。

"有一天，我发现他在拔一匹小马的牙齿，"她说，"因为那匹小马咬了他。我告诉你，我立马就狠狠地揍了他一顿，还扔掉了一罐油漆，那是他用来遮盖他的动物背上的伤疤的。让大家好好看看那些伤口吧，你这个家伙，"我说道，"如果你不放过这些可怜的动物，我就要跟你说再见了。如果我早知道你在干这种肮脏的勾当，我就不会嫁给你了。结果他为了挽留我改行了，因为我是他所拥有的最优秀、最狡猾的动物，也是最好的陪伴者。而且告诉你吧，我很快就把很多动物送进了'乡下的好地方'去了，然后给他在警察局谋了个职位，为此我自己亲自去找了一趟这个

155

城市的掌管者——市长那里，向他长篇大论了一番，表达了我对市长的崇拜之情。"

"苏西很喜欢这个女人，就径直向她鞠了许多躬，这让她很高兴。

"上天保佑这个天使面孔的小家伙，"她说，"她使我想起了我的母亲——好了，再见了，我的夫人，祝这只鸟好运。我得赶快回家，给我家老头子做一顿美味的晚饭，我这么做一定能讨他欢心的，毕竟他放弃了那些动物来讨我欢心。"

"她离开后，百货商店的店员温和地催促其他妇女离开，让马丁太太买完东西，于是马丁太太把苏西修女放进她非常喜欢带出门的包里，继续买她的东西。"

"有些动物旅途艰辛，"比莉说，"女主人把我从纽约带来的时候，我听到火车上有牛在说话。一头漂亮的黑白相间的奶牛妈妈说：'我的血管里流着毒液，因为我已经三天没吃没喝了。如果人们想杀我，他们为什么不在芝加哥把我从牛犊身边带走的时候就动手呢？我真是同情以后要吃掉我的人！'另外一只糟糕的黑牛说：'我的舌头都干了，在运畜拖车里我受了伤擦破了皮，现在伤口又被撕开了，流了很多血，我希望那些吃我的人会死掉。'"

"如果人类能听听动物们的谈话的话，"我说，"他们会得到一些提示的。"

"马丁太太明白，"比莉说，"她告诉我，当我们的火车停在奥尔巴尼车站时，餐车里的服务员给她拿来了两块羊排。正当她要吃的时候，她看到车窗外的站台上有一个板条箱，里面装有两只羊。想象一下，来自西部平原的两只羊被关在一个拥挤的火车站里。马丁太太说他们用痛苦的眼神看着她。他们从不激动——只是用眼神来表达他们的痛苦。她推开盘子，对服务员说：'喔，把这个拿走。'"

"亲爱的女主人，"比莉亲切地说，"她不愿看到任何苦难。今天她在街上看见一匹可怜的老马摔倒了，她就出去给马的主人足够的钱，让他把马儿送到马的养老院去。"

"那里是干什么的？"我好奇地问道，"我从没有听说过。"

"两天前我听见送奶工的马和杂货商的马在谈论这件事。"比莉说，"那里才刚刚开始营业，在城外的一个大农场。送奶工的马对另一匹马说：'你应该去那儿，汤姆。你的蹄子状态很糟糕，而养老院的小溪边那片潮湿的土地会让你很快好起来。在那里，你还可以躺在高大的树阴下，如果你不能出去，他们就会把你安置在一个干净漂亮的牲口棚里。'"

"他们会收留疲惫的狗和鸟儿吗？"我问。

"他们什么都收留，"比莉回答道，"那里的砖房后面是一幢又长又矮的房子，就是狗的寄宿处。夏天外出的人们可以把宠物放在那里。众所周知，狗儿在那里会有人带着在农场漫步，过上一段美好惬意的时光。"

"猫就要过一段苦日子了，"我说，"主人出去的时候总是把他们留在家里。"

比莉开始大笑，我惊讶地问："我的朋友，你对猫已经变得这般无情了吗？"

"不，不是的。"比莉说，"你听听山姆在树下走来走去的，在说些什么。"

我看着我们家英俊的小男孩，他来回踱步，手里拿着一本有名的动物爱好者写的书。今天下午女主人出门之前，答应他只要他在她回家之后可以为她背诵一首优美的诗，就给他一枚两角五分的硬币。他选了一首和我刚刚说的话正好相关的诗，这让比莉笑了出来，诗的名字叫《猫的哀嚎》：

我的男主人去探索森林，我的女主人去海上航行，

厨子和男管家昨晚逃走了，但我不知道跑到哪儿去了。

家庭教师和孩子们都逃课了，

我不知道去哪里把他们找回来：

但是告诉我，他们从来没有想过他们抛下的那只猫吗？

我没有地方睡觉，

我没有晚饭可吃。

送牛奶的人从来不来找我，我日渐消瘦。

屠夫和面包师从我面前经过，也没有人提醒他们：

哦，告诉我，他们从来没有想过他们丢下的那只猫吗？

隔壁的狗把骨头藏了起来，埋在"神圣的玛利亚"里；

鹦鹉在动物园里安家立命，金丝雀也是一样。

邻居们四散奔逃，无忧无虑，这里没有什么能束缚他们：

我想知道他们是否从来没有考虑过他们身后的那只猫？

第二十二章 一只会说话的狗

　　我们的玛丽因为跛脚，在楼下有一间小卧室，就在饭厅后面。她的母亲并不担心她一个人在下面，因为比莉总是睡在她的床边的一个箱子里。如果在大厅里或开着的窗户外面听到任何奇怪的脚步声，比莉就发出奇怪的半吠半叫的声音，把全家人叫起来。

　　我们的玛丽过去曾有一只小狗，就睡在她自己的旁边，那是一只杂种西班牙猎犬，但令她非常伤心的是，一年前有人偷走了这只狗，她至今还不知道他的下落。

　　有一天，当我跟比莉谈起睡在楼下的事时，她告诉我，她更想和马丁太太一起住在楼上，但同时她又很乐意为我们的玛丽做点事，大家都很喜欢她。

　　"如果有陌生人敢在夜里走近她的房间，"比莉说，"我就扯着嗓子尖叫。我恨夜游贼，他们没一个是好东西。意大利人总是在晚上九点钟就把门锁起来，说那时还没有睡觉的人就是小偷。"

　　"可是，比莉，"我说，"那太严格了，很多好人九点钟以后

也会出门。"

"嗯，我会对着他们吠叫，"她固执地说，"如果他们是诚实好人，就不会受到任何伤害；如果他们是坏蛋，他们就会被抓住。"

可怜的比莉——那天晚上，我们的玛丽和一个她误以为是小偷的家伙发生了一场冲突，而那时比莉在宠物医院里。因为他们在出租屋吃了纽堡龙虾，垃圾桶里的龙虾对比莉来说太有吸引力了，结果她不得不被送去打针。事后她多么自责啊，发誓再也不靠近垃圾桶了！

那是一个阴沉的下午，又是一个漆黑的夜晚。一场雷雨笼罩着这座城市，不过我们的玛丽一点也不紧张，因为她是一个非常勇敢的女孩，但为了让她妈妈高兴，她说她可以睡在楼上。

"不过，我要在我自己的房间里脱掉衣服，"她说，"然后换好了睡衣，再上楼去。"

大约十点钟的时候，她正要把电灯关掉，忽然听见窗外的阳台上有什么东西在轻轻地移动。她关了灯，拿起放在床头桌上的一个很大的铃铛，走到窗前。

"是流浪汉吗？"她小心翼翼地说。

听到这话，一声呻吟回应了她，但没有人说话。

"我希望你可以离开，"她严厉地说，"否则我按下这个铃，我父亲就会马上下来把你赶走。你听到了吗？"

那东西又呻吟起来，她听见一声恳求似的低语声："给我一点面包屑吧——就一点面包屑。"

"面包屑！"她愤怒地说，"我想你是喝多了。走开，你这个流氓。"

那东西扑通一声掉在地上，她看见两只红眼睛向她眨着。她放下铃铛，跑出房间，疯狂地叫着："爸爸！爸爸！"

正在脱衣服的马丁先生像个孩子似的从楼梯上跳了下来，"怎么了——在哪儿？"他叫道。

"在外面的阳台上——就在桌子旁边的角落里。哦，爸爸，他的声音好可怕！"

马丁先生从大厅的帽架上抓起一根大手杖，冲进卧室。那里什么也没有，所以他从窗户跳到了阳台上。什么也没有。但就在这时，响起了一声巨响，他又跳了进去，锁上了身后的窗户。

"我们应该没事儿了，"他说，"那个流浪汉一定自己逃跑了，我连他的影子都没看到。"

"他不可能进到房子里来的，对吗？"马丁太太说，这时她也过来了，搂着玛丽。

"是的，不可能的——直到我来，玛丽都一直站在大厅里。他不可能从她身边走过，而且我在房间里没有找到他。"

他说话时向四周看了看。房间里一切都很整洁，除了那张床以外，床上的东西被翻乱了。

我们的玛丽突然尖叫了一声："那张床——我根本没碰过！他在里面，那儿有个硬块。爸爸，小心！"

"你们两个到大厅去，"马丁先生说，"我来对付他。"

马丁太太把胳膊从玛丽身上缩回来，把她推到大厅里，然后走过去站在她丈夫身边。她不愿把他单独留下。

几分钟后，我在客厅里听到了这次历险的每一个细节。马丁

太太站在那里，一只手把她的孩子推到大厅里，另一只手伸向她的丈夫，这时我感到非常兴奋。

他担心她会受伤，就急忙跑过去，正要催她上楼，这时又响起了雷声和闪电。

雷鸣和闪电是如此可怕，黛西不安地偎依在我们的笼子里。我们已经醒了好一会儿了，听着下面不寻常的、奇怪的声音。

突然，我们听见马丁先生叫道："玛丽——跑——他来了！"

房子里所有的灯都熄灭了。闪电击中了市中心的发电厂，但我们听到玛丽比以前任何时候都要快地奔上楼去。她跛脚的原因其实并不在于她的脚，她的脚很匀称漂亮，问题在于她的臀部。后来医生说，突然的惊吓对她的神经是有害的，但对她的臀部却是件好事，因此，从那以后，她的跛脚就好多了。黛西和我听见她冲上楼，冲进客厅，扑到沙发上。

虽然房间里一片漆黑，但她知道所有东西都在什么地方。"噢，妈妈，"她叫道，"噢，爸爸——我真是个胆小鬼！为什么我没有留下？"

然后我们听到她母亲清脆的声音："玛丽，玛丽，我的孩子——你还好吗？"

"我没事，我很好，亲爱的妈妈。"她喊道，"但是，啊，上来吧！爸爸在哪里？"

"他追着流浪汉跑到地窖去了。他从我们身边飞跑进厨房了，海丝特忘了关地下室的门。把你在的房间的门关上并锁好，我马上就来。"

可怜的玛丽照马丁太太的吩咐去做了。事后我们听说，马丁太太跟着她丈夫来到地窖。因为那个流浪汉没有表现出要打架的样子，所以他们并不害怕他。后来他们说，他们当时觉得那一定是个瘦小、虚弱的家伙，也许只是个孩子，因为他跑得又快又稳，弯着腰，好像是四肢着地的。

好吧，等他们提着灯，走进他们那老式的大地窖时，流浪汉先生已经不见了。我们的地窖里有很多东西。有一天，我站在玛丽的肩膀上去了那里，那里有行李箱、纸箱、植物、木桶、旧家具、瓷器架子，还有储藏室、煤房、锅炉房以及许多其他的东西——这是一个非常理想的藏身之处。

灯还没亮，马丁夫妇二人就提着灯四处张望，好几次走过一堆熊皮地毯；炉子工人把它们堆在一个角落里，打算早上的时候拿出去掸一掸。

"他可能躲在这堆毯子里吗？"最后，马丁太太问。

"没有其他地方了。"马丁先生说，他用棍子捅了捅地毯，"出来吧——我们不会伤害你的。"

然后他们便听见一声动人的呻吟，接着那声音说道："只吃一点面包屑——就一点面包屑。"后来马丁太太说那声音沙哑而断断续续，就像一个当了一辈子酒鬼的老人。

"起来，你这要饭的，"马丁先生说，这时的他既累又兴奋，"如果你不出来，就会挨一顿揍。"

他边说边不停地戳着毯子，就这样，那家伙从毯子下面爬了出来——不是一个饱经沧桑的老人，也不是一个瘦弱的男孩，而是一条很大的杂种西班牙猎犬。

马丁太太说，她和她的丈夫几乎是踉踉跄跄地靠在墙上。尽

管他们都是爱狗的人，但他们从来没听说过狗会说话这种事。

当他们从惊讶中缓过神来的时候，忍不住大叫了一声。这时，海丝特和安娜被惊醒了，她们一边在顶层跑着，一边喊着问发生了什么事。

我们的玛丽打开了客厅的门，大声叫他们下楼来，然后马丁夫妇牵着一只黑色的大猎犬走了进来。

猎犬吓得魂不附体，但当他们举起灯笼时，他看到了我们的玛丽，便向她扑去，把头埋在她的膝上。

"怎么回事，这是我的尼日尔，"她尖叫了起来，"是我亲爱的尼日尔！他被偷走的时候还是一只小狗！哦，哦，尼日尔！尼日尔！"

我从来没见过比这更感人的一幕了。我们的玛丽太容易激动了，她哭了，而她的父母站在那里，眼泛泪光地看着她。

"他被照顾得很好，"她终于平静下来，说道，"看他的毛发多光泽，亲爱的妈妈，他闻起来有一种精致的香水味。我亲爱的小狗，你去哪儿了？"

我用喙碰了碰黛西。如果比莉在这里，这一切对她来说都会令她难受，因为她生性易妒。

尼日尔筋疲力尽。他躺着，喘着气，两只明亮的眼睛在这一小群人中间转来转去。他显然是跑了很远的路回家的。

"这是我听过的关于狗的最有趣的事例之一，"马丁太太说，"看看他那黑色卷发下面的项圈，上面有没有名字。"

马丁先生把灯举起来让玛丽看。"这个项圈很酷，"她说，"还镶嵌了一些红色的石头——上面写着'林沃斯·希尔克雷斯特太太'。"

"好家伙！"马丁太太喊道，"是三表姐安妮！"

大家都被她滑稽的语调逗乐了。"现在我们得想个法子把狗从她身边带走，"马丁太太说，"从来没有听说过安妮会放弃任何属于她的东西。"

"可他会说话这个惊人之处一定深深吸引着她，"马丁先生沮丧地说，"她很喜欢与众不同。"

"我记得她跟我说过这只狗，"我们的女主人继续说道，"就在一年前，我在市中心遇到了她，她告诉我她刚在街上从一个男人那里买了一只年幼的狗，她是那么喜欢他，要带他一起去加州——然后我告诉她我们刚刚被偷走了一只小狗。谁能想到这两只狗说的都是尼日尔。"她放声大笑起来，她的丈夫、女儿和女仆也跟着笑了起来。尼日尔觉得他应该要点什么，便嘟囔着说："只要一点面包屑——面包屑！"

"上帝保佑他，他饿了，"马丁先生说着转向他的妻子，"能不能让海丝特给我们泡点她的好咖啡来——在我们满是灰尘的地窖里欢蹦乱跳了一阵之后，我自己都又渴又饿。"

马丁太太假装生气，骄傲地挺直了身子。"我的地下室和这附近的女管家们家里一样干净。"

"是的，没错，我亲爱的，"马丁先生笑道，"我没有责备的意思，哪里有炉子哪里就有灰尘。但是，咖啡——"

海丝特和安娜已经不见了，不一会儿，她们带着咖啡和一些新鲜可口的炸面圈、面包和黄油回来了。黛西和我只吃了一小块油炸圈饼，但尼日尔吃了半打。

"妈妈,"玛丽说,"我想下去睡在我的小床上,让尼日尔睡在他的箱子里,就像过去那样。这样我们就像回到了小时候一样。"

"没问题,我的孩子。"我们的女主人说。她自己下楼,给女儿盖好被子,像只大鸟一样在她头上盘旋。这一切都是尼日尔告诉我们的,因为第二天一早上他就和我们成了朋友。

"哦,三表姐安妮会把尼日尔留给我们吗?"这是问题所在,还有一个就是"比莉回家后会对他作何反应呢?"

第二十三章　三表姐安妮

　　妈妈的三表姐安妮是个很了不起的人，她非常富有。第二天上午，她的豪华轿车停在我们门前。

　　她飞进屋里，热情地和尼日尔打招呼，马丁太太和我们的玛丽则很平静。

　　尼日尔对她摇了摇尾巴，然后向窗外望去。

　　"我亲爱的狗，"她叫道，"我的旅伴，我多么想念你啊！"

　　尼日尔抬头看了看戴西和我，又看了看坐在笼子顶上的苏西修女，眨了眨眼睛。

　　"你知道吗，安妮表姐，"我们的女主人说，"这就是从我们这里偷走的那只狗。"

　　"不可能。"她说。

　　"他确实是，他昨晚跑回来了，上了玛丽的床。一开始，他怕她——他以为她在骂他离开她，他很敏感，你知道——然后，等她离开了房间，他自己爬上了她的床。"

"只是巧合！"三表姐安妮大叫道——"我很抱歉把他从你们身边带走了。"

"但你现在不能带走他了。"我们的女主人坚定地说。

"但他是我的狗。我给了那个人十美元。"

"在那之前，我们给了另一个人五美元，因为玛丽喜欢他。"

"我很抱歉，"林沃斯女士说道，站了起来，"但他现在是我的狗，我要养他。回家了，布莱基！"

我坐在黛西旁边，她已经下了三颗漂亮的蛋，我紧张得发抖，因为我讨厌看到人们心烦意乱的样子。我以前从未见过马丁太太生气，看到她脸上的红斑，我感到很难过。我们的玛丽什么也没说，只是坐着拍拍狗。

"当然，他是只大傻狗，"林沃斯女士说，"除了打滚和装傻以外什么都不会，但我已经习惯了他的陪伴，也喜欢上他了。"

"他从来没有跟你聊过天吗？"我们的女主人问道。

"跟我聊天——你什么意思？"

"他从来没有开口向你要过面包屑吗？"女主人冷冷地说。

林沃斯女士盯着她，仿佛觉得她疯了。

"要面包屑——真是太愚蠢了！——不过我倒是记得你们马丁家的人总是把东西读给狗听。当然，那他也不会说话。"

"尼日尔，"马丁太太说，"你能不能说一遍'只要一点面包屑？'"

"喳，啦，啦，啦。"我唱道，"不要这么做，尼日尔。"苏西修女也咕咕叫道："不——不要——不——咕咕。"

尼日尔又眨了眨眼睛，粗声粗气地说："汪，汪，汪。"

林沃斯太太站了起来，勉强地笑了起来。"表妹，给你想要留下的东西增加价值，真是目光短浅的行为。走吧，布莱基。"

"别走，狗儿。"我叫道，黛西也啾啾地说："留下来，狗儿，留下来吧。"

尼日尔望着窗外，打了个哈欠，好像很无聊的样子。

"狗儿，"林沃斯太太生气地跺着脚说，"我命令你，给我过来！"

他站起来，慢悠悠地走到角落里，捡起从我们笼子里掉下来的面包屑。

"忘恩负义的坏蛋，"林沃斯太太骂道，"毕竟我为你付出了那么多——无论如何你必须和我走。你是我的财产，我要是有根绳子就好了。"

马丁太太和玛丽像两只小鸟似的坐着，连眼睛也不动。

他们的表姐从脖子上摘下一条漂亮的丝巾，系在狗的项圈上。然后她开始拉他——尼日尔的脾气很好，但是他的脚却结结实实地撑着地。

她突然对我们的女主人大发雷霆："你不是说他是你的狗吗，你怎么不来拦着我？"

"我不会使用蛮力解决的，表姐，"马丁太太说，"如果我知道你对他不好，我就会阻止的，但我清楚，你是绝不会虐待动物的。"

她的语气虽然冷淡，却很和蔼可亲，她的表姐看上去好像不知道该怎么办。然后她又开始了，把尼日尔拖过地毯。等她拖着

走到大厅时，已经喘得上气不接下气了。她遇见回家吃午饭的马丁先生，听到他放声大笑，她大吃一惊。

他很快恢复了常态，说道："万分抱歉，林沃斯太太，但这情景实在太糟糕了。请允许我帮你拉那只狗吧。"

"你妻子想把他留下。"林沃斯太太挑衅地说。

"那是自然，"他幽默地说，"他是我们的狗。"

"但我买下他了。"林沃斯太太固执地说。

"而且你很喜欢这个家伙。"马丁先生说道，睛里闪烁着快乐的光芒。

"我很宠爱他。"夫人激动地说。

"也希望他幸福。"马丁先生接着说道。

"是——是的——没错。"她很不情愿地说，因为她开始意识到马丁先生正在把她带进的陷阱。

"那么我们不如让狗自己来做选择吧，"马丁先生说，"我们很愿意遵从他自己的选择。"说着，他温柔地把围巾从尼日尔的项圈上解了下来，尼日尔站了起来。

"现在，请允许我护送你上车，"马丁先生说，"或者，最好是你一个人过去，我跟你一起过去的话会把狗弄糊涂的。然后你叫他，而我们不会做任何事，看看他会作何选择。"

三表姐安妮气得几乎透不过气来，但她无能为力。我朝她那边望去，看到了沙米那张开心的脸，他坐在那里盯着大厅的窗户。他对有关马丁家的一切都很感兴趣。

"过来啊，布莱基，布莱基！"林沃斯太太说着，向楼梯退去。

尼日尔丝毫不为所动，可是，当她继续前行时，他却转过身去，把头放在玛丽的腿上。

林沃斯太太气得说不出话来，转身快步走下楼梯，走向她的车。

马丁先生忙上前跟在她后面，不一会儿，就笑着回来了。"她现在心情好了。我告诉她我可以给她弄来一只纯种的艾尔谷犬，是我一个朋友的，想把他送给别人，你猜她怎么说的？"

"谁也猜不透三表姐安妮会怎么说。"女主人回答道。

马丁先生笑了，说："她说'我很高兴能养只纯种狗，我讨厌杂种狗。'"

我盯着尼日尔。他正摇着尾巴，满不在乎。

"谁去接比莉？"我们的玛丽突然说道。"兽医刚刚打电话说她已经可以回家了。"

"我去吧，"马丁太太说，"玛丽，亲爱的，你去坐在你爸爸身边陪他吃午饭吧。来吧，尼日尔，我们去散散步。"

"哦！只要一点面包屑，"尼日尔低声叫道，"只要一点面包屑，只要一点面包屑，面包屑，面包屑！"

所有人大笑起来。"你这个狡猾的家伙！"马丁太太说，"我们出去的时候会经过厨房，我会给你拿点儿面包屑的。"

后来，尼日尔告诉我们，他在加利福尼亚的时候，嗓子出了问题，林沃斯太太好心地花了一大笔钱为他的嗓子做了手术。但是，他说，他那里有个肿块，直到他跑回他亲爱的玛丽身边的那天晚上，在他激动的时候，好像有什么东西断了，结果他发出了一种奇怪的声音，这是他以前从来没有发出过的。

　　街上的孩子们对他的技能几乎痴狂。山姆常常领着他来来回回地走，逼着他说"只要一点面包屑"，直到他的喉咙痛起来。他说这样说很伤喉咙，只有情绪到位时，或者为了取悦朋友的时候，他才这样做。

第二十四章　抓住了一个夜贼

　　四月一日这天，这一带发生了一场大骚动，因为知更鸟们回来了。

　　我从来没有听到过像威克斯·克莱曼提发出的那样的鸟叫，他是知更鸟的头领。他自己不满足于像其他知更鸟那样发出"高兴地欢呼吧，振臂高呼吧！"的叫声，取而代之的，他尖叫着说了一大堆关于他在哪里过冬，他都做了些什么，还有南方的有色人种如何试图抓住他做成馅饼，但他这么聪明不会被抓到的事。

　　最后他就第一次世界大战吵了起来。"当然，你们知道的，鸟儿们，"他大惊小怪地说道，"知更鸟是世界上最重要的鸟类，战争就是围绕着它们展开的。许多国家的坏知更鸟迫害我的兄弟，也就是英国知更鸟，不让兄弟们进入他们的国家。当然，那些喜爱知更鸟的英国人也拿起了武器，开始与迫害我们的坏人作战。"

　　他说这话时，沙米笑了，但他非常理智，不想和他争辩。而布莱克·戈尔热，沙米的仅次于我的好朋友，就没有那么明智了，

他说:"我想你是不是忘了你们这个品种跟英国知更鸟没有任何关系。"

威克斯·克莱曼提看起来若有所思,然后他说:"好吧,如果不是兄弟,那就是表亲。我的堂兄弟,英国知更鸟——"

"他们连你的表亲都算不上,"布朗兹·温说道,他是白头翁的首领,"而且战争也不是关于知更鸟的,起因是白头翁一类的鸟才对。"

威克斯·克莱曼提非常粗鲁地说道:"你说谎。"结果,这只白头翁用他那刺耳的声音粗声粗气地叫了一声,然后就扯下了威克斯·克莱曼提的一根尾羽。

威克斯·克莱曼提发出一声又一声的尖叫声,附近的每只鸟都来看是怎么回事,别人还以为这只白头翁试图谋杀他呢。

"那只知更鸟是怎么了?"我问沙米,我们肩并肩地坐在老地方——老榆树上的一根树枝正对着他高大的砖房。

"他被一个大学教授宠坏了。"沙米说,"有一天,这个老人在校园里发现了一只身体虚弱、半死不活的幼鸟,就是威克斯·克莱曼提,他亲手把他带大,并给他起名叫威克斯·克莱曼提,这个名字的意思便是某种刺耳的声音。他对这只年轻的知更鸟赞不绝口,说他是城里最聪明的鸟,这使威克斯变得神气极了。当老教授死后,威克斯飞到外面,知更鸟们永远也追不上他,便不得不让他当头鸟,好让他安静下来,但他真的没有其他一些知更鸟那么聪明。瞧,现在这一切都结束了,他正在寻找筑巢的地方,他得在他的伴侣特威克特来之前安顿好。他们去年夏天用作住宅的那棵树被砍倒了。"

我没有回答，我和沙米静静地坐了一会儿，看着下面的街道。

"我们在这棵树上过得很愉快，不是吗，沙米？"我说。

"确实如此，"他回答道，"我们坐在这里看到多少故事发生。"

"你再听说过斯奎里的消息吗？"我问。

他开始咯咯地笑起来。"听说过，奇卡瑞今天早上刚告诉我最新的消息。"

"是什么？"我急切地问道。

"有一段时间，斯奎里的表现极差，唯一能让他守规矩的办法就是一直盯着他。这时，大红松鼠有了一个主意：他有个讨厌的姐姐，长得太丑了，谁也不愿跟她结伴，于是他把她留在了北方。他派人把她叫来，把斯奎里送给了她。她很强壮，脾气又坏，很快就被两个松鼠警察铐起来，把他们赶走了。一开始的时候，斯奎里很讨厌她，还请求大红松鼠杀了他，把他从痛苦中解脱出来；不过奇卡瑞告诉我，现在她像牵着一只温柔的松鼠宝宝一样牵着他。他怕她怕得要死，从来不敢反抗。她让他努力工作，甚至现在还让他为过冬储备粮食。她说：'如果你不听话，我就带你往北走，风会把你刮成两半。'"

我由衷地笑了。"开斯奎里的玩笑，"然后我说，"嘘，沙米——这个小女孩在说我们亲爱的马丁一家什么？"

我们俩都往下看，看到人行道上有个小女孩在她母亲身边小跑着。

"妈咪，"她指着马丁家的房子说道，"那个房子里面住着一个女人，她能让鸟儿起死回生。"

妈妈笑了。沙米说："这难道不就是个玩笑吗？你的女主人越

来越出名了。"

"各个城市都派人过来，"我说，"请她或者我们的玛丽去医治生病的鸟。住在那幢大公寓里的一位女士昨天打电话给女主人，要她赶快过去，因为她的金丝雀癫痫发作得很厉害了。女主人去了，看着那只鸟说：'给他剪剪爪子，琼斯太太。他的指甲太长了，会把他绊倒，让他从笼子里摔到地上。'"

沙米不听我的。他的眼睛盯着布莱克·托马斯，后者正仰视着，他的脸充满了深情，仿佛做了什么值得骄傲的事情。

"他可能多抓了几只鸟。"我沮丧地说。

"不，那不是抓了鸟的样子，"沙米说，"吱吱，喳喳，托马斯，你怎么了？"

托马斯漫步到我们的树下，在阳光下伸伸懒腰，骄傲地说："我昨晚抓到一个窃贼。"

"哈！哈！"听到这话的威克斯·克莱曼提喊道，"托马斯改过自新了。他要抓的是人，而不是老鼠和小鸟。"

所有的鸟儿都飞了过来，布莱克·戈尔热，还有许多其他的麻雀，还有刚飞出去透透气的修女苏西。"慢性子"和苏珊、布朗兹·温，甚至还有那只善良的松鼠奇卡瑞与他的小配偶，都沿着头顶的树枝跑了过来。

当他们都聚了过来时，托马斯朝他们翻了个白眼；他们平静下来后，托马斯开始讲述自己的故事。

"昨天晚上，"他说，"吃完晚饭，厨子和女仆们把厨房和餐厅收拾干净，上楼到自己的房间里去。除了我，房子后面没有别人。只有我看见一个陌生人从花园旁的小路上走过来，翻过篱笆，走到餐室里一扇开着的窗子跟前。我看着他爬进来，藏在角落里的大餐具柜后面。我没有对他说什么，他也没有对我说什么，因为他没有看见我。那天晚上很冷，我一直睡在暖气片旁边。十点钟的时候，厨师下楼来锁门。他打开了餐厅的门，走进来，然后关上了窗户并落了锁。我跟着他出去了，然后跑向了我亲爱的女主人的房间。

"她当时躺在床上，但我喵喵叫个不停，直到她起身说：'托马斯，你怎么了？'

"我把狩猎时的所有神态都用眼睛表现出来，还把头从一边转到另一边，就像这样——"说着，他晃动着他的黑脑袋，就像他在灌木丛中寻找小鸟时那样。

"我用我的翅膀发誓，"沙米跟我小声耳语道，"托马斯要变成一个讲故事的好手了。"

托马斯继续讲述着在他的故事："我叫得很凶，把她领向餐厅，可是当她要进入餐厅的时候，我突然蹿到她前面，吓得她不敢动了。

"她理解我。她是个非常聪明的女人，迪基·迪克，甚至比你的马丁太太还要聪明得多。"

"她才没有。"我生气地反驳道。

"嘘，"沙米说，轻轻地啄了我一下，"让他讲完故事。你没看见他多兴奋吗？"

"我的女主人派厨师上楼，"老托马斯继续说着，密切注视着我和沙米，因为他知道我们都想拿他开玩笑，"她请求两位绅士下楼来，他们照做了，于是我便非常高兴地领着这队人马去了餐

厅，一到那里，我就向餐具柜跳去。

"那个贼跑到窗户边，把窗户砸了个粉碎，但绅士们还是抓住了他，就像我抓住了一只老鼠一样；然后他们打电话叫来了巡逻车，他现在在监狱里，他们可能会把他绞死。"

"哦，不，托马斯，"沙米抗议道，"你想得太严重了，他可能只会被判入狱。"

其他的鸟哄堂大笑起来，而奇卡瑞说道："好小子，托马斯——你抓住了一个窃贼，真是大家的恩人！你的女主人会怎么报答你呢？"

"我得到了一个银项圈。"托马斯严肃地说，"我知道我会很讨厌它的。猫不应该戴项圈，那东西阻止我们探索偏僻的秘境。"

"比如，鸟儿们的巢。"布朗兹·温粗声粗气地说道，"你听说关于猫儿们的最新政策了吗，托马斯——我是说防止猫抓鸟的最新计划。"

"不，我还没有。"托马斯立刻答道。

第二十五章　儿童红十字会的活动

　　"好吧，"布朗兹·温说道，"就是要抓住猫咪，剪掉前脚的指甲，一点也不疼的。当猫咪的爪子被剪掉的时候，就不能爬树了，也没有办法再抓住鸟儿把它们撕成碎片了。"

　　"才不会有人来修剪我的爪子！"托马斯大叫道。

　　"等着瞧吧，"布朗兹·温说道，"对此可能会有法律出台的。"

　　"喔，看啊，鸟儿们，"布莱克·戈尔热突然叫道，"我们亲爱的朋友们都盛装打扮了。"

　　山姆、露丝、弗雷迪和碧翠丝都是非常可爱的孩子，附近的飞禽和走兽都很喜欢他们。刚才，他们穿着非常有趣的服装，走在人行道上。他们打算在出租屋的大草坪上举行一次红十字会的娱乐活动。天气这么好，女士们都坐在外面，而孩子们认为这是一个赚钱的好机会，因为，他们可以像他们的长辈一样，尽其所能做一些帮助伤兵的工作。

　　山姆扮成了一只狗，弗雷迪变成一匹小马，露丝装成一只鸟，

碧翠丝成了一只猫。

那两个男孩正四肢着地爬着。山姆穿着他姨妈的一件旧的黑色卷毛大衣，用皮带把他的小身体捆得严严实实的，这样他的胳膊和腿就可以自由地奔跑了。弗雷迪则穿着一件他母亲的马皮大衣。

碧翠丝穿着一件灰色的装束，那是她在儿童派对上扮演猫时穿的。露丝·卢穿着一件亮蓝色的衣服，身后还有一条非常活泼的小尾巴。

通常都是碧翠丝来指挥他们的动作，她在草坪后面让他们排成一排，然后她走上前去，调整她戴着的猫头面具，那面具总是向一边滑落，眼睛的洞会滑到耳朵上。

"女士们，先生们，"她用她清脆稚嫩的嗓音说道，"不，我是说，女士们，你们总是非常热心地捐款帮助我们，当我们看到你们坐在这里的时候，我们觉得我们可以给你们提供一些消遣。这绝对是前所未有的。这些诗是我们自己编的——大部分都是我写的，因为男孩子们不太擅长诗歌。除了我的戏服以外，其他人的都是新的。下面，将从我的《猫之歌》开始。"

接着，她优雅地微微鞠了一躬，甩了甩长尾巴，开始说：

托马斯，一只高贵的猫
不久前的一天晚上，
亲爱的托马斯走来走去。
他看见一个人走进他的房子，
像老鼠一样悄无声息地爬行。

托马斯这只猫自言自语道：

"这个人为邪恶的钱财而来；

也许他会爬上楼梯，

偷走女士们的珠宝。"

他带着这个想法来到女主人身边，

把他的恐惧告诉了她；

她从楼上叫来几个胆子大的男人，

就这样，汤姆的烦恼全被消除了。

他们想追赶那个窃贼，而那个贼

用尽全力打碎了窗户；

警察来了，抓住了他，

现在，他蹲在牢房里！

　　女士们听了她讲的布莱克·托马斯的故事，非常高兴。当她讲完了的时候，她们为她鼓掌，她也微笑着鞠躬，而我们这些鸟儿则相互啾啾叫着，吹着口哨，头侧向一边坐着，一副了如指掌的样子，因为我们是第一批听到这个故事的。

　　令女士们感到非常有趣但并不意外的是，碧翠丝立即拿起一个编织袋收募捐，这个袋子能装下一千美元。

　　当她退到后面的草坪时，山姆又手脚着地，跌跌撞撞地走上前来，有礼貌地鞠躬。他的狗面具掉了下来，碧翠丝立刻拍了拍手，他赶紧又戴上。

　　"汪，汪，女士们。"他朗诵道：

我是一只小狗狗。

在这个世界上，我只属于一个人。

那便是我的男主人或女主人，随便什么人。

为了她，为了他，我愿献出我的生命；

谁说我不是军犬？汪，汪！

我们这些鸟儿认为他的诗不如碧翠丝的好，但是女士们用同样热烈的掌声为他喝彩。他先把碧翠丝募捐来的钱倒在草地上，这样他就可以拿他的收获和她的比较了。

"汪！哇，铜板太多了，女士们！"他像狗一样吠叫道，"请给我一点银币吧！"他嘴里衔着袋子，跳来跳去地转了半圈，然后退到后面去数钱。他和小羊一起摇脑袋，似乎对他们得到的东西很满意。

碧翠丝走到草坪边上。"女士们，"她说，"我们的下一个节目是《小鸟之歌》，由露丝·卢·克拉克斯顿小姐创作并朗诵。"

在一片掌声中，露丝·卢羞怯地走上前来。她穿着一身蓝色的衣服，试图挥动一下她那活泼的小尾巴，但她太紧张了，除了有气无力地晃动一下外，其他动作根本做不出来，结果两个男孩都哈哈大笑起来，但立刻被碧翠丝制止了。然后露丝·卢开始了表演——

亲爱的朋友们，

我是一只小鸟，

而我不知道我是什么鸟。

我只是一只鸟。

我有个漂亮的小脑袋，可以用明亮的眼睛看到你。

我非常喜欢自己的这对翅膀，

因为我喜欢飞向蓝天；

请不要把我的翅膀放在你的帽子上。

夏天时也请别让小男孩朝我开枪。

此致

一只小鸟敬上

女士们热烈地赞扬她，她完全摘下了她的小鸟头，然后宣布她既不要铜币也不要银币，她要的是纸币。

她的听众笑得前仰后合，把她要的东西都给了她，虽然我注意到他们不得不互相借钱，虽然红十字会的工作人员现在到处都是，但他们没有预料到在自己的阳台上也会有人要钱。

最后登场的是弗雷迪，他唱了一首关于小马的小曲。他看上去毛发柔顺，模样天真；他戴着一顶毛茸茸的黑头巾，这让他大汗淋漓，头巾下，一双年轻漂亮的眼睛闪着光。

他抬起"蹄子"，非常认真地背诵道：

小马，我的名字叫小马，

我本身就是一匹小马。

别催我上山，

不要催我上路。

给我足够的食物和水，

给我好好梳洗一下，让我睡个好觉。

当你骑在我身上的时候，别扯我那柔软的嘴。

当你生气的时候，别打我。

如果可以，就多爱我一点，

因为，我——爱——你。

第二十六章　开始回归家庭

当他说"我——爱——你"时，他的"蹄子"抬得更高了，用一只前脚给了女士们一个飞吻，并用一种温柔的声音说话，她们都笑得尖叫起来。接着，他比山姆的损失还多，因为他在草地上蹦蹦跳跳地说，他要的不是钱，而是纪念品。

过了一会儿，他冷静下来，清醒地穿梭在人们面前。在他的小马褂上，别了几条领带、一个手镯、一两枚戒指、几只钱包，还有一位女士在他的一只前脚上系了一串漂亮的珠子，这串珠子是从她自己的脖子上取下来的。

孩子们鞠了个躬，吻了吻她们的手，然后成群结队地走到街上，告诉帮他们穿衣打扮的玛丽他们的活动多么成功，而沙米也在亲切地注视着他们。

"好孩子们，"他说，"我们麻雀真的很喜欢他们。"

"我们飞到我家去，听听他们怎么说。"我向他提议。

"好哇！"沙米说，"当然，我要去看街上最漂亮的鸟儿们——

马丁家的鸟儿们。"

我非常高兴,用我的嘴亲热地拍了拍他,我们飞到阳台的栏杆上,马丁太太正带着比莉和尼日尔晒太阳。

她一直在给他们洗澡,然后她递给玛丽一条毛巾,让她把他们的耳朵擦干,因为她一直弯着腰伏在狗的浴盆上,腰都快断了。

"哦,玛丽!玛丽!"孩子们叫了起来,他们都冲到阳台上,把自己的战利品拿出来展示。

"快看比莉。"我小声对沙米说。

她紧紧地贴着尼日尔,舔干了他的肋部,然后才舔自己的肋部。

"我们还担心她会嫉妒尼日尔,"沙米说,"可她毕竟是一只那么棒的狗。"

"我们都很棒。"我开心地说,奇怪的是,就在那时,女主人转向了沙米。

"小麻雀,"她说,因为她不知道我们叫他沙米,"看到你的家人们对那些回来的野鸟的态度,我很高兴。我希望今年夏天你们在我花园里的餐桌上少吃一点,而是去和那些野鸟一起杀死很多长牙蛾——好吗?"她微笑着说。

沙米明白她的意思,他努力地想告诉她,他是多么感激她对他和他的种族所做的一切,以至于他竟然用嘶哑的声音唱出了一支小曲,人们可以清楚地发现和我唱的曲子有些异曲同工。

连孩子们都注意到了,他得到了一阵热烈的掌声,就像他在音乐会上演唱一样。

马丁太太慈祥地望着他,仿佛她是他的母亲。"麻雀,"她温柔地说，"我想你在试着做一只好鸟，这也像我们人类能做的那样——仅仅是做一个善良的人。"她看向远处的大湖，叹了口气。

我们的玛丽一边在跟孩子们说话，一边还给狗擦着耳朵，马丁太太又转向沙米。

"还有，麻雀小伙子，如果今年夏天你的小伴侣每次下蛋的时候我都从你的巢里拿走一个蛋的话，你也不要不高兴。这附近麻雀太多了。"

"吱吱喳喳，亲爱的太太，"沙米鞠躬说道，"无论你做什么都是对的。我们鸟儿都知道你了解我们，而且爱我们，即使你带走我们的幼鸟我们也不会抱怨的。你们从来不会把我们称作空中老鼠，或者长翅膀的害虫。我向你保证，从此以后，我们对这些小野鸟会更加仁慈。"

"过来，小麻雀。"马丁太太温柔地说，把手伸向他。

"去啊，沙米。"我说着，用嘴推了他一把。

他以前从来没有碰到过她的手，但是现在他做到了，他站在那里，一副非常自豪的模样。

"小麻雀，"马丁太太诚恳地说，"我多么希望能告诉你我看鸟的感觉，就像有一种温暖的感觉包围着我的心——我知道，在你小小的身体里，有着和我们一样的烦恼。你们有这样的焦虑，这样的挣扎，来保护自己不受敌人的伤害。你是如此的有耐心，无怨无悔，如此的忠诚——甚至为了你的孩子而牺牲自己的生命。你们是空中的小烈士。"

沙米把头侧向一边，非常谦虚地说："吱吱喳喳。"

"玛丽，"马丁太太向她的女儿说，"我们和这只小鸟之间得

立下誓约,我们的天父注意到了这只掉落人间的小家伙。我们——将爱他们，保护他们，并努力更好地理解他们——如果有必要的话，我们甚至会削弱他们的种群，但我们永远不会迫害他们。"

玛丽转过身来。西方的阳光照在她年轻漂亮的脸上，也照在她身旁孩子们明亮的脸上。

"同意。"她甜甜地说，"马丁一家向麻雀一族保证。"

这时，安娜端着一个放着茶、面包和黄油的托盘，走到阳台上。站在她肩上的是苏西修女，她正出来品尝她特别喜欢的黄油，因为家鸽和信鸽都喜欢吃咸的东西。

"我们就用这个来为我们和麻雀的誓约做封印吧。"玛丽说着，拿出一小块面包给沙米。

他扑向她，礼貌地接过来，吃了一半，把另一半留给了珍妮；珍妮正坐在她的窝里，有三个蛋，很快就要减少一个了。

"沙米，"当他回到我坐着的栏杆旁时，我说，"这是个非常幸福的家庭，不是吗？"

"非常幸福。"他粗声粗气地说，因为他嘴里叼着面包。

"而且这也是个幸福的街道，"我继续说，"所有的鸟和动物都其乐融融地生活得很好。"

"是的，没错。"他喃喃道。

"那只叫内拉的猴子去动物园里快活了，斯奎里也心满意足了，也许有一天世界上所有的飞禽和走兽都会像生活在这条令人愉快的街道的我们一样幸福的。你觉得呢？"

沙米把他的面包放在栏杆上，用爪子按住，生怕我或者苏西修女一时心不在焉地把它吃掉。

"我怎么想吗？"他慢悠悠地重复道，"我认为，鸟类和动物永远不会完全幸福的，直到所有的人类都幸福为止。其实我们都是息息相关的，迪基·迪克，我听说，如果世界上所有的鸟都死了，人类也会死。"

"怎么会这样呢？"我问。

"因为如果没有鸟类的话，昆虫会吃掉所有的植物和蔬菜。那么人类就会饿死。"

"好吧，如果真的是这样的话，沙米，"我说，"为什么男人和女人们不好好照顾鸟类呢，为什么还让他们被杀掉了那么多呢？"

"给我点时间思考一下，"沙米说，"改天我再答复你。现在我得把这面包拿去给珍妮。"于是，他便飞走了。

几天过去了，沙米还没有回答我的问题。我不能再等着他了，因为我必须要结束我的故事。夏天很快就要到了，一只金丝雀在这个世界的首要职责就是养家糊口，不要太关心其他动物的事情。

昨天发生了一件奇妙的事情——一个小蛋在我们的窝里孵化出来了。对我来说，整个世界都被这只小嘴巴吞下去了。有朝一日，我会不会对此腻烦了呢？我该不该像我父亲诺福克对我说的那样，打自己的第一只雏鸟，然后冷冷地说："你是谁？"

"是的，你会的。"我忠诚的黛西啁啾道，"但是不要担心。这是鸟类育儿的方式，这能督促我们独立起来。我们只要在适当的时候喂他、爱他，对每一个孩子都好就行了。"当我结束我的故事时，她唱了一首有趣的、断断续续的小曲称赞我，因为她说，沙米正试图把我变成一只勤劳、焦虑的麻雀，而不是一只无忧无

虑、欢快的小金丝雀。

"外面是什么声音？"她突然问，"我不明白为什么总有鸟儿在巢里有小鸟的时候还那么大声地唱歌。"

我听了一会儿，然后大声说："是威克斯·克莱曼提，他在唱颂歌'鸟儿们的好时光，鸟儿的好时代，尤其是知更鸟们，特别是知更鸟们！'"

"这么说他的孩子也出生了，"黛西生气地说，"他最好去帮帮可怜的特威克特找虫子吃——而你，迪基·迪克，赶快飞到桌子那儿，给你自己的孩子弄点新鲜的鸡蛋吃。我们的玛丽恰好拿了一些进来——"因为我没有马上飞起来，她开始叽叽喳喳地念叨："喂你的宝宝，快喂喂你的孩子，你的孩子，孩子！——这才是你在这里的目的，这才是你该做的！"